淡雪

ChotAro KaWaSaki

川崎長太郎

P+D BOOKS
小学館

目次

淡雪 5
月夜 23
浮雲 43
ある生涯 73
ある男 101
亡友 127
海に近い家 153
独語 181
一泊旅行 203

淡雪

昭和になって間もない、ある年の大晦日の晩です。

小間物店を出るとすぐ、小川さんと出合頭になり
「おい」

と、彼氏が言葉をかけます。日に焼けた黒っぽい綿《めん》ラクダの二重廻しをひっかけ、土気色した鳥打帽をかぶる小川さんは、子供みたい肩を振りながら、私の鼻先へ寄ってきました。

「いいものやるぞ」

と、ぶっきら棒にいって、二重廻しのポケットからひっぱり出した、小さな紙袋を私に手渡しします。

「なんなの？」

「みれば解る」

「おせいぼなのね」

「さっき帰ったんだ」

小川さんは、一人きりの弟が長男に代り商売を嗣いでいる小田原の生家へ、東京から年越しにやってきた模様でした。袋の中には、玩具に似たごく小さい扇子が一本はいってい、その品は芸者が松の内帯の結び目へさす飾りですが、彼氏は東京・銀座の裏通りにある、通信社に近い店から買ってきたのでしょう。小川さんからものを貰うなんか、たった一度もなかったことでした。

三十歳過ぎているのに、通信社へ匿名原稿を毎月売ったり、同人雑誌に毛の生えた、稿料の安い文芸誌へ年に二、三篇作品を出すだけでは、人並みに妻子が養いかねるかして、本郷・湯島へんの大工の家に間借りしながら一人くすぶり、隅田川に近くドブ臭い私娼街をうろつき、上野・広小路の大きな喫茶店へ腰が抜けたみたい長時間ねばっては、若い給仕女をもの欲し気にきょろきょろ眺めたりして、しがない月日を送る小川さんと、かれこれ二年ごしの知合いでした。お座敷で十回近く、彼氏が小田原へ帰省する度毎逢っていましたが、酒のあまりいけない人と、一時間かそこら差向いになってお酌位するだけの、ろくすっぽ三味線ひとつひけない枕芸者（不見転《みずてん》）の私としては、柄にない平場続きで、二人はかつて一緒に寝たためしもありません。彼氏が東京の私娼達と時間遊びするのに比べ、高いものにつく相手では、敬遠するしかなかったのでしょう。こっちも商売気抜きに、啄木ファンでまずい自作の短歌など書き止めたりしている私は、小川さんが小さな眼をつむり、肚の底から絞ったような声を出してうなる、牧水その他の朗詠に、毎度聞き惚れるあんばいでした。待合を出たその脚で、さそわれるまま月夜の海岸を歩いたりもして、毒にも薬にもならないゆきずりの交りが、結構忘れがたいようでした。

父親の顔を知らないでてなし子に生れ、横浜の山手のゴミゴミした棟割長屋で、和服を仕立る賃仕事しながら、細ぼそ暮らす母の手一つで育てられた私は、小学校を出る早そう、小田原の芸者屋へ売られてき、半玉から枕芸者に変ると、稼ぎ高では土地に百五十人近くいるお仲間のうち、いつも五番と下るためしのない売れっ子振りでした。その間、東京駅に近い、商事会社の勤人で、商用の為よく小田原へくるAさんといい仲になり、二人の間に夫婦約束まで出来たしるしみたい、私ははらみ女となります。おなかにきた子はてっきりAさんのそれに間違いなしと合点し、商売柄めったにない授かり者と有頂天になり、その旨Aさんへ告げますが、先方では私の期待に反した挨拶でした。彼氏の母親まで口出しする始末となり、金さえみればどんな男でも腹へのせて稼ぎぬく不見転芸者風情の子を、到底孫と考えようがないと突っ放します。Aさんには小田原が鬼門となるばかり、私が東京へ出向いて行っても全然寄せつけませんでした。

日まし目立ってくるおなかの子を、母や芸者屋では口を揃え、おろしてしまえとすすめます。私としても、自分をあざむいた男の形見児なんかないがましにきまっていますが、なんとしても中絶に踏みきれません。商売を休んで、横浜の母の家へ身柄を移し、男の子でしたが、私同様のててなし子を産んでいました。産後のひだちも悪くなく、子の養育は一切母に押しつけて小田原へ戻ると、当座張る乳房は人目を避けて絞ったりしながら、夜の稼ぎを続ける間に、それ程いけなかった酒ばかりめきめき強くなり、お座敷で好かない客の顔へ盃を投げつけたりするような振舞にも及びました。が、この頃はそんな真似も大方忘れた如く、Aさんにしたたか煮え湯を呑まされた疵《きず》あともあらましかたまり気味、男という者には金輪際気を許さぬ女ともなり加減ですが、商売に夜毎精出す傍、好きな歌集など読み直したりしていました。時たま、パトロンになってやろうとか、うけ出して妾にしたいとか、口説にかかる客とぶつかっても、その都度いい加減にあしらいがちです。稼ぎは前程ありませんが、はたちを出たきりの身空でいて、白粉ではごまかせない眼尻の深い皺も、次第に大きくなり勾配でした。

「丁度よかったわ。あすこの小間物屋にも扇子なかったの。今年はうっかりして、東京からとり寄せるのを忘れちゃって」

「そうかい。一本十五銭で買ってきたものが、そんなに役に立とうとは思わなかったよ」

「ありがとう──」

鳥打帽をかぶる、痩せて小柄な小川さんと、心持ち赤味のさす洗髪をひっ詰ふうにし、茶っぽいラクダの肩掛けを巻き、くすんだ色気の羽織をひっかける、華奢な体の腰部あたりいやに目立つ私は、約半年振り、上背にそう高低のない二人連れといった恰好で、歩き出しました。

「君はあしたから正月だのに、島田にゆわないの？」

「島田はうちに置いてあるわ」

「かつらか」

「そうなの」

「今晩は閑かね」

「ええ。いつもおそくなってから。――うちへいても掛取なんかくるばかりでつまんないし、これから映画でもみに行こうと思うの。――行かない？」

「活動か。――それよかどこかで年越し酒でも呑もうよ。誰かつかまえそうしようと考えていたんだ。つき合わないか」

「ええ」

熊手を担いでゆく男、人ごみに自転車のペタルを踏みかねている小僧、買いものをかかえる桃割れの娘、その他で雑踏する表通りから、ひっそりした細い通りへ曲ります。平家建の芸者屋、おでんや、麻雀クラブ等が、曲りくねった暗い通りに、低い廂をつないでいます。路がまっすぐになると通りも広くなり、舟板塀の上へ明るい座敷の障子が顔をみせたり、爪弾きの三味線が流れてきたりしました。肩掛けで鼻先をおさえ、いくらかうつ向きがちに歩く私は、時どき軽い咳をします。小川さんは気楽そうな脚どりで、いいとししていながら親の家で雑煮がたべたく、わざわざ東京から帰ってくるような身軽な人は、年の瀬から除けものにされたみたいでした。

電車通りにある、千両というカフェへはいります。店内に並ぶ粗末なボックスの、一番奥へ二人は差向いにかけます。案内した女給さんより、ずっと顔の造作も田舎びた娘が、銚子と落花生を盛った小皿を運んできて、すぐ座を外しました。ゼンマイの油が切れた安蓄音器からうら枯れたジャズが聞え、他に客は二、三人きりのようでした。

「しゃれた着物着てるね。なんなの、ものは」

「銘仙なの。一寸銘仙にはみえないでしょう。どんどん新しい着物が出てくるわ」

「うん。着るものみたい、人間も進んで行くといいんだがね」

「そうね。人間の方はそうはゆかないらしいわねえ。でも私、二、三年前までは、いい着物をつくると、仕立上ってくるのが待遠しかったものだけど、この頃じゃどんな気に入った着物でも、一度袖を通してしまえば興ざめだわ。——としとっちゃったのね」

「まだはたちを過ぎたばかりで——」

「うちにいる時なんか、お化粧もろくすっぽせず、ほったらかしてるの」

「そんなものかね。――なんか喰うものを頼もうか。カツでも」

「いいわよ」

「そうか。――鼓《つづみ》の稽古はやはり続けてるの？」

「ええ。この間おさらいがあったの。それからやる気もなくなったから、止めてしまったわ」

「相変らず芸事に身がはいらないんだな」

「そうね。昼間うちにいるとイライラするから、出したものも部屋中へひろげっぱなし、よく外へ跳び出して行くようなの。映画はもともと好きだし、みてると一番気が紛れるわ」

「この頃短歌は出来ないの？」

「さっぱりね。読む方はたまに読んでるけど」

案内した、心持ち猫背で背の高い女給さんが、二本目の銚子をもってきます。中腰のまま、小川さんに酌をし、私の盃へも熱いものをついで呉れました。するうち、小川さんは気軽に彼女へ話しかけ、先方も如才ない口をきき出します。私はみるみる気色を悪くし、小川さんへあてつけがましく、あらぬ方を向いて、これから映画に行くのだ、などと切り口上になります。そんな雲行きに面喰らい、彼氏が口数を控えますと、女給さんはぷいとよそのテーブルへ廻りました。

二人の間にはだかった、気まずい空気を追いやるつもりですか、小川さんが
「一寸手を貸してご覧。手の筋をみてやろう」

と、突っ飛なことをいいます。

「あんた解るの？」

「怪しいもんだがね」

いくらかためらいつつ、私は人並みに足りない、小さなよどんだ牛乳色した片手を出してみせます。わりとこわい手の平に、三本の筋が浅く通っているだけで、頗る曲がありません。

「あっさりしてるでしょう。あっさりし過ぎている位ね。――あんたのはどう？　みせて頂戴」

と、いいながら自分の手をひっ込めますと、入れ替って小づくりな体に似ない、骨太で大きい手が、二重廻しの下からにゅっと突き出されます。

テーブルへ片肘おっつけ、上体を前へのめらせ加減、彼氏の指を両手で握り、息を詰めて見入りました。

「これが頭脳《あたま》の線ね。小川さんのは三本共はっきりしていて太いわねえ」

「生命線の先がいけないよ」

「そうでもないわ。こんなふうに深く彫れてる人はとても情熱家だって」

「まさか。思い当るところもないな。ヒ、ヒヒ――」

一人、丹前姿の客がはいってきます。その方を鋭く一瞥してから、ごつい男の手を静かにはなしていました。

「ほせよ」

「ええ」

「冷たくなったろう」

「燗ざましもいいものね。夜更けにお座敷で時どきのむけど、ただれたおなかにきゅっとしみ透るみたい――」

「うん。商売は大事にしてるの？」

「ええ。まあね。二、三年前の売れ方はしなくなったけど」

「結構だね」

「でも手遅れじゃないかしら。私この商売を少し長くしすぎた気がするの」

「といって、まだそれ程――」

「ひとつはうちがいけなかったのね。他の妓には迚《とて》も許さない我儘も、私には大目にみて好きなようにさせて置くし、大晦日というのに、こうして勝手に出られるでしょう。お母さんも芸者屋の女将らしく、玄人上りだけあって、こっちが腹を立てて突っかかって行っても、うまくかわして、あべこべに丸めこんでしまうのね。稼ぐからといって大事にされ、いよかったのがよし悪しだったのね」

と、肩で息をするような様子しながら

「女だからそうも行くまいけど、出来れば私、ルンペンになってしまおうかとも思うわ。二十八までしか生きていられないと、小さい時分みてもらった易者もそういったし――」

と、調子づく私は、小川さんの前でも、お金をもってのぞきに行っている、横浜のゴミゴミした裏長屋に「和服仕立処」と看板をぶら下げたりして賃仕事する母のことや、彼女の手塩にかかり、母乳でない栄養分ですくすく育った子の話など、一度も口外した覚えがありません。子は明けて数え年三つになりますが、親の欲目にも、ぱっちりした二重瞼の眼許はじめ、Aさんそっくりと思うしかありませんでした。

「ルンペンね。ルンペンも苦しい――」

と、実感のこもった、呻くような小川さんの口振りです。匿名原稿や署名入りの小説を書いても、せいぜい自分一人の口すぎが精一杯とあっては、好きに使える時間もてあまし、河向うの私娼を買いに出かける日は、たいがい行がけだけ歩きどおし、下谷から浅草を通り、隅田川へ架る白鬚橋を渡る由でした。毎日一度、住居に近い縄のれん下げる一膳めし屋へ寄るそうですが、あとは出たとこ勝負、ひと皿十五銭のうなぎ飯をほおばったり、ふところが暖かければ百貨店の食堂でうまいものを鱈腹詰め込んだり、時には湯島天神下の一文菓子屋の店先で買ったふかし芋を、不忍池畔のベンチへ腰かけながら平げてみたりして、昼間はめったに一閑張の小机据えた貸し間の六畳へいたためしもないというような小川さんの、浮浪者に紙一重といっていい暮し方では、つい息切れ催す場合も間まあるのでしょう。

二人の眼が合う迄暫くたちました。

「少し酔ったようだ」

「お酒なくなったわ」

「活動へゆくか。それとももう一本貰うか。俺はこうしていたいんだが」

「ええ、いいわ」

「つき合ってくれね」

私は素直に頷いてみせます。お化粧もろくにしてない娘の方が、三本目の銚子をもってきました。

やがて、小皿の落花生も残らず口に入れ、小川さんの埃っぽく日焼けした面長の顔は、染めたように赤くなり、小粒な両眼の中まで充血しています。待合の座敷あたりなら、とっくに彼氏へ啄木や牧水の朗詠を所望し、いい気持になっている筈ですが、人目のある場所ではそうも行きません。

うわ水でも呑むように盃をあけていると、なんか私は大儀になり、全身のバネもゆるむ勝手で、背筋をくねくねさせたり始めます。

「みけんの上へ青いものが出たよ」

と、小川さんがなに気なく注意します。

「そう」

細面の顔の造作のうち、そこが一番不細工に出来ている、低いしゃくれ気味の鼻を、いったん肩掛けで隠してから、うつむきがちにその端をするする押し上げ、みけんのあたりまで覆いました。

「もう、ひっこんだろ」

と、彼氏はいたわり気味にいいます。肩掛けを顔からはずし「いない、いない、ばあ――」と幼児をあやすような面相となり
「ほ、ほほほ……」

と、私は笑いかけていました。

酒が切れ、小川さんが勘定をすましたところで、カフェを出ます。寒い外の空気に触れると、途端に私の体もしゃんとなりました。

星月夜で、空一面に星がきらめいています。だだっぴろい電車通りに、すれ違う車も少なく、

歩行者の影も稀でした。ガソリン販売所の前を過ぎれば、箱根細工店、文房具店、酒屋と間口の狭い小売店が並びますが、どの店先もひっそりした気配で、二人は言葉少なく歩いて行きました。

そこだけぱっと明るい、大晦日らしく客のたてこむ理髪店の前へさしかかり

「じゃ、待っててね。すぐくるから」

と、念をおし、頷く小川さんの傍から男顔負けの大股となり、さっさと理髪店の横の三尺路地へはいります。ドブ板づたいに十メートル程すると、トタン屋根の二階建で、出入口に古い格子戸をはめ、表からでもぶら下る「御神燈」と大書した円い紅色の提灯がよくみえる、三流の芸者屋です。十二歳の時からざっと十年間、そこで大きくなった家でした。

理髪店の隣りの、電気器具など並べる店の軒先で待つ小川さんと一緒になり、行きつけの喫茶店へ案内します。女将といつも白い上っ張をひっかける主人だけで、客の応対やのみものもつくっている、狭いがしっとり家庭的な店の、私はかねてから常連の一人でした。Aさんともよく寄っていました。大抵正午少し前、連れだって待合を出たその脚で、朝めし代りトースト・パンにコーヒーなんかのみに行きました。背広にロイド眼鏡をかけ、癖のないたっぷりした頭髪を会社員風に分けるAさんと、額と額がぶつかりそうにしながら、トーストなどちぎっている最中、不意に小川さんが現われ、私は挨拶のしようなく硬くなってしまった覚えも、一

度位あるようでした。

歩きながら続けて咳が出ます。

「大丈夫？　外の空気はいけないんだな」

「平気よ。今夜湿布して寝ればなおってしまうわ」

「でも、酒は成可減《なるべく》らすに越したことはないだろうね」

「ええ。気をつけてるの。お座敷でも酔い潰れないように要心してるの」

「のませて悪かったね」

「いいえ」

と、いって、間《ま》を置いて
「今夜小川さんと年越し酒をのんだのも思い出になってしまうのねえ――」

と、私は思わせ振りな文句を、そうとも気づかず洩らしていたりしました。

喫茶店へはいり、数年見馴れた、小さな煉炭ストーヴが、頭へのせた金だらいの湯気を上げている近くのテーブルを挟み、日に焼けた黒っぽい二重廻しはぬごうとしない人と並んでかけます。小川さんの同意を得、ホットケーキに紅茶を註文していました。

割烹着をつけ、ひっ詰にした頭髪へ白毛もまじる女将が、運んできたものをたべ終る間なく、見番からお座敷がかかった由を知らせる電話です。こみいった面持ちし、私の出て行くうしろ姿を眺める小川さんをいっぺん振り返ったなり、電車通りの東側づたい、急ぎ脚でした。

日が暮れてから、二、三時間たった元日の晩です。

軽い羽根のような雪が、つもるともなく、ちらつき出しています。

正月らしく、島田に稲穂のかんざしさしたかつらをかぶり、色の褪めかけた黒の紋服の褄をとって、深紅の蹴出しをひけらかしながら、お座敷の帰りがけ、電車通りを歩いてくると、向うから偶然、昨日と同じ恰好した小川さんがカニ股気味に近づいてきます。

私の方が先に気がつき、故意にすれ違いそうにしますと、彼氏が呼び止めました。

「お目出とうございます」

「ゆうべは失敬」

「いい色ね」

「年始の帰りでね。――忙しいの?」

「帰ると又どっかへ行くらしいわ」

ふだんと違い、お座敷が余計かかりますが、私はひとごとみたいにいっています。

そんな口振りにやや戸惑った顔つきですが、小川さんはふと白く塗ったこっちの額をみやり

「ほう。かつらだね」

「ええ」

頭髪の生え際を僅にのぞかせてかぶる、艶の冴えないものに、心持ち眼をむき加減
「よく似合うじゃないか」

と、彼氏はお世辞をいいます。長目の顔が頬のあたりこけていたりして、大きなかぶりものにおされ、ひと際しなびた勝手ですが、二人はおとなしく互に相手の眼のうちをのぞき合っていました。

「——忙しいか」

と、小川さんは今しがた口にしたばかりのことを繰り返します。

「うちへ帰ってみなければ解らないの」

私もしどろもどろないい方になります。

「じゃ、又——」

と、彼氏は息を殺したような面相となって先に歩き出し、二人は別れわかれとなりました。

私の背中には、草色した玩具とよく似た小さな扇子が一本、帯の結び目へさしてある筈でした。


［「淡雪」昭和五十四年「文藝」五月号初出］

月夜

料亭「やよい」のお座敷で、小川さんと九ヶ月ぶり一緒になりました。

東京の銀座裏にある通信社へ、匿名原稿を毎月書いたり、ろくすっぽ稿料の出ない薄っぺらな文芸雑誌へ、年間二、三篇小説など発表して、他に収入の皆無ない小川さんは、三十歳をとっくに過ぎながら、妻子も養いかねて独り暮しを続け、本郷・湯島天神に近い大工さんの家へ間借りしていました。彼氏とは知り合ってから二年余になりますが、一ぺんも寝たためしがありません。

卓袱台《ちゃぶだい》の上のビールを、二本もあけない裡、小川さんのくぼんだ小さな奥眼が血走ってき、すっかりほろ酔い気味の機嫌です。啄木ファンで、前よく下手な短歌などつくった覚えもある私は、例によって、彼氏に朗詠を所望します。坐り直して、心持ち棒縞の単衣を着る上体をそらせ、眼をつむって、いささか得意気に腹の底から絞り出すような声で汽車の窓はるかに北にふるさとの――

と、啄木を始めて、毎度そそられる小川さんの渋い調子でした。

うっとりとうつ向き加減、私が

「やわらかに」

と、小さな声でさそいます。

やわらかに柳あをめる北上の――

と、小川さんがやり出します。

今度は呟くように

「しらしらと」

と、すすめます。

しらしらと氷かがやき千鳥なく――

釧路《くしろ》の海のと、小川さんが続けたりして、一時間少しいたお座敷を立ち際、東京から今年の暮も扇子を買ってきて呉れ、その時自分が作って置く絽ざしの蟇口《がまぐち》をお礼に差し上るから、などと彼氏に頼んでみます。扇子は玩具みたいなごく小さい、芸者が正月松の内、帯の結び目にちょんとさして置く飾りですが、小川さんは去年の大晦日に帰省した折、私へおせいぼがわりに一本呉れました。

彼氏から、承知の旨をきいた私は、少し遅れて「やよい」を出ますが、すぐ前にある電車通りを横切る早そう、焼杉の下駄をはき、頭髪は油っ気なしの半バックにした、痩せて小柄な小川さんに追いついています。玉代にならない散歩をつき合う私は、薄い頭髪をひっ詰風な洋髪にして、青っぽいお召の座敷着を、しごいたみたいな痩せ型で、腰まわりだけいやに太い体へぴったり着こなし、踵のもち上るゴム草履を突っかけ、並んだ二人の背丈にさのみ違いもありません。

草の生える瓦屋根をのせた、市民に正午時を知らせる鐘楼の下を通り抜け、寄り添って小田原城址の濠端の方へぶらぶら歩いて行きます。いい月夜でした。

私は数え年二十一歳になる子持ちの枕芸者です。普通は不見転とよばれてさげすまれる私が、生み落した男の子は三歳になっていますが、商売柄父親のわからない私同様のてなし子で、横浜の山手のごみごみした町裏に「和服仕立処」という看板を出し、細ぼそ暮らす母の手塩にかかり、すくすく育ちました。夫婦約束までして、その子の父と自分ではきめていた、六つとし上の会社員から見捨てられ、むごい目にあってこの方、これはと思う相手にめぐりあうことなく、夜毎違った男を腹へのせて稼ぎ抜く間に、酒ばかりやたらに強くなる心細いような明け暮れでしたが、今年の正月、思いがけなくお座敷で大津さんと出逢ってから、俄に身辺が一変していました。

大船撮影所で売り出し中の、年恰好だけは小川さんとそう違わない、新進の映画監督でした。「生れてはみたけれど」「大学は出たけれど」「浮草物語」といったふうな、たいがい下積者を主人公にしたしめっぽい人情をえがいて、ミーハー族にもてる白塗りのスターや、はやりっ子の二枚目などさっぱり登場しない、地味な同監督の映画は、一年に二本止りの制作数ながら、客うけは一向芳しからず、その月の第一週に華ばなしく封切られたためしなく、当《あた》りをとって続映となる場合もありません。ですが、映画ファン大方の好みを勘定外にした作品は、新派の舞台にかぶれた芝居臭を根こそぎ拭い去り、路地裏に生きるしがない人びとを不景気な世間にみかける通り、ありのままの姿に近い写し方したりして、新しい芸術映画とインテリの喝采《かっさい》を集め、新聞雑誌等の評判でも先端をゆく第一級品ともて囃されています。さしずめ営業上ソロバンに合わない作品が、大船撮影所の王冠みたいに輝くあんばい式でした。

もともと映画も大好きで、昼間退屈したりくさくさしたりする時、映画館がもってこいの気の紛れ場所と心得る私は、週に二、三回必ず畳を敷いた見物席へ坐り、映画雑誌もいろいろとってよく読む方で、大津監督の顔をみない先から、その人にあこがれていたみたいな訳でした。啄木の歌とどこか似通ったところのある作品の味もさることながら、まぶしい位なその名声に私の眼は他愛もなくくらんでいたのでしょう。

年期があけて、借金を大して背負っていない身軽さも手伝い、色白で中肉の身のたけ六尺に近い大男を、先生とよんだりしてとりのぼせ加減、さっぱり商売は忘れがちです。女日照りなどないにきまった人気者も、面長の眼もとだけ涼しげな田舎芸者に、ぞっこん惚れられてみれば悪い気はしないらしく、五十日前後映画の撮影にはいる合い間に、ちょいちょい小田原の待合へ遊びにきたり、箱根・湯本の大船映画関係者が定宿とする旅館へ、泊りがけで現われたりして、その都度私をよんでくれます。大抵脚本部の気の合った人や、部下の助監督と一緒でしたが、ずっと独身を通してきた監督は、後家となった母親と二人きりでくらし、鎌倉の方に住居がありました。

会社へ箔をつけても、ドル箱ではない人のふところも、名声とうら腹に格別あたたかくなさそうで、ウィスキーなんかめっぽう強いのですが、遊びは作品にふさわしく地味な方で、待合あたりへ借金も拵えたがりません。酔って同席の連れと歌を歌い、陽気に立ち騒ぐたちでもなく、相手に面白半分皮肉をとばしたりしながら、ちびりちびりグラスへ口をつけるのが好きなようで、私を同伴してお好み焼屋ののれんをくぐり、ひっそりした時間をたのしむ趣味もあります。

いつでも大津さんの帰りがけには、小田原駅のプラットホームまで見送りに行き、連れの人達へも好感をもたれるように気をつかい、呼び出しの電話がかかればお座敷を途中でほうり出しても、大津さんの傍へとんで行ったりして、せいぜい「先生」の気に入られるようこれつとめ、わが身ながらいじらしいようでした。

逢う瀬を重ねても、先はどこまでも遊び相手以上に扱ってくれそうもありません。ひとつはお金にゆとりがないせいですか、落籍して妾にするとか、商売は続けさせながらきめた金額を与えて世話するとか、何かしてやるとか、本気ならそうして当り前な人情など根っから匂わせず、それとなく私が自宅へ一度連れて行ってくれと袖をひいても、全然聞えない振りです。話には鎌倉の住居がよく出て、いいとしした大の男を、保太郎やとよばわり、食事の世話から身につけるものの始末まで引き受ける半白毛頭の母親は、一人息子の痒いところまで手をのばして可愛がるのを生甲斐のすべてとしているらしく、夜遊びした大津さんの帰宅がおそければ、何時になろうと寝ずに待つそうです。そんなお母さんに、当人も肩揚げがとれない子供みたいに甘え、私へも再三手放しにむつまじい母子の間柄をのろけます。そうした水入らずの家庭へ、他人の割り込む余地なんかなくて当然でしたろう。まして、ご飯の炊き方ひとつわきまえず、母親と、大津さんへもまだ打明けてないててなし子も抱える私が、嫁入りしたいとでもいい出した日には、正気の沙汰と誰一人聞く筈もありませんでしょう。ですが、逢いそめてから半年以上たっていながら、別にどうということなく、パトロンの真似もしない大津さんと、行き摺りに近い関係ばかり続いては、私としたら一寸引っ込みもつきかねる次第でした。

先方は飛ぶ鳥落す、大船撮影所の看板監督、こっちはひとにうしろ指さされる泥水稼業の女、遊び相手として大津さんの傍へはんべられるだけでも冥利至極、余分な註文を出すとは身の程知らずな思い上り、などとよくよく自分をおさえつけ、たしなめもしますが、容易なことでは成仏出来そうもありません。とはいえ、こがれる人に業を焼いたためしは、今に始まったことでなく、三歳になる子の父親と思いこんだ会社員からも、致命的な手疵を受けています。一応商売柄、男の裏表を知っている筈の私が、迷いの夢から醒めない事実に変りありませんが、金がないから帰れと大津さんに素気なく突っ放されれば、こっちで立替えて置くともなんともいわず、下唇を嚙んでお座敷を出てゆく仕儀ともなります。腰まわりだけ太い体つきで洋服が向かないのは承知ですが、昼間料亭へよばれた時、うっかり簡単なワンピースを着て行き、周りにシナリオライターのお友達や助監督も一緒のお座敷で、さんざんアッパッパがよく似合うよと大津さんに悪口をいわれ、泣き出したばかりでなく、引き止める人達の声も耳にはいらず、舟板塀をめぐらす家から立ち去る恰好にもなって行きます。

ウィスキーなど呑んでいる最中、はたの者から仕事の話が出れば、即座に眼尻の下り気味な眼の色をかえる人は、夏場に向かうと撮影欲が嵩じる癖もある由で、このところ八月もすぎて五十日近く、ぱったり小田原や湯本の温泉旅館へ姿をみせておりません。

一本写真が出来上り次第、間違いなく顔をみせてくれると願っていましたが――。

鯉の沢山泳いでいる濠へ架かる、手摺りを朱色に塗った橋を渡り、昔の二の丸跡へ建つ、ブリキ屋根の大きな小学校の手前に出ます。そこから左手へ曲って、隅やぐらの白壁が月明りをうけていぶし銀に光る傍を通り抜け、短い太鼓橋から、黒松の太い樹や、親子の猿がみえる金網の檻、ブランコ、滑り台、粗末なベンチ等が、そこかしこに散らばる、ひっそりした広場へかかります。

「鈴虫がないてるわ」

私は虫の音に耳を澄ませました。

「秋だね」

小川さんも頷いています。

瓦屋根、木造二階建のちんまりした図書館の横を過ぎ、松の木の並んだ近くの土手の切れ目を抜けて行きます。

「私、あすこを歩いてきたい」

と、呟き、松の木影が黒ぐろと長く、月光にあざやかなあたりへ、しンとした面持ちしながら脚を運びます。小川さんは立ち止っていました。

軈《やが》て、二人は肩を並べ、スレート屋根の小学校と、木造の商業学校が向き合う、セメントで舗装したばかりの道路へ近づきます。

「つづみはまだやってるの」

「ええ。不思議に長続きするわ。うちにいてつまらない時、たたいてみるの。つづみは独りでもたのしめるし、たたいてると気持も落ちつくわ」

「じゃ、つづみを贈りたいなあ。三十円位するの」

「それ位のがないでもないけど、お稽古用ね。新しくても古くても、百円から先のでないと鳴らないというわ」

「そんなに高いのか。――じゃ、俺なんか手が出ないな」

と、いって、小川さんは少し尖った口元を苦っぽく笑いかけます。一本のペンで稼ぎ出す金が、独り口を塞ぐさえ十分とゆかなければ、隅田川の河向うになる私娼窟へ紛れ込み、みみっちい時間遊びをたまにする位が、左利きでもない彼氏の息抜きでしたか。

温泉場を往復する単線の電車も通る、旧東海道の広い通りを横切り、酒屋と箱根細工店の間から、ゆるいくだり勾配の道路へはいります。風は全くありませんが、波の音がかすかに聞えてきました。

二階家平家建と、申し合せたような黒ペンキ塗りのブリキ屋根が、でこぼこにつながる通りは、夜も十時過ぎてたいがい店先の戸をおろし、蚊やり線香の匂いがほんのり流れてきたりします。

古風な二階建の山門がみえる寺と、御影石の門柱が立つ寺にはさまれた細路を行って、樹齢百年をこえるという黒松が何本となく並ぶ、丘とも土手ともつかない場所へ突き当りました。このへんは、幕末に小田原藩が黒船の襲来にそなえた砲台の跡です。

その手前を墓地について曲り、暫くして小川さんが、ゴロタ石を積んだ囲いの土台へ向け、アルコール臭い立小便を始めます。かまわず私は先へ歩いて行きました。大津さんを知らなかった以前と変らない調子で、小川さんとはなしているのですが、ひとりになって、私には初めての砂地まじりな細い通りを行く道すがら、二人の間にはだかるへだたりも改めて眼の前へみえてくるようでした。

用達をおえた彼氏が私に追いつきます。両方共暫く無言でいる裡、小川さんの方から口を切り

「家庭へはいったって、必ずしも仕合せになるとは限るまいが、そろそろ商売から脚を洗う気になったらどうかね」

「ええ——」

「男は仕事があれば、なんとか痩我慢も張っていられようが、いつまでも体元手に稼いでいては身がもたないだろう」

「ええ――」

「芸者は二十歳《はたち》過ぎれば年増というじゃないか」

大津さんと同様、小川さんも横浜の裏長屋に住む私の家族のことはきいていない様子ですし、東京にいて、映画監督に血道を上げる女の一部始終も知らぬが仏らしい彼氏が、世帯をもてない自身は棚へのせたみたい、おせっかいじみた文句を並べます。ですが親身に、そんなことをいってくれる人も小川さん以外にありません。

「でも、ひかされてお妾になっても詰らないでしょう。好いてもいない人に――」

「しかし、人間生きてゆくのに妥協も必要だというね」

「ええ、私、少し自分に甘え過ぎてるのね。二、三年は芸者しているより仕方ないと思うの。その先どうなるか、確かなことはちっとも分っちゃいないけど」

「――うん」

「大袈裟にいえば、一日だってじれじれしない日はないわ。突き詰めて先のことを考えると、居ても立ってもいられなくなるだけですもの。だからこの頃はなるべく気にしないで、なるようになれといった心持ちよ。――仮にお嫁に貰ってくれ手があっても、こんなふうになってしまっては手遅れね。——もう十年になりますもの。私、この商売長くしすぎたのね」

「だが、自分から泣き寝入りしてしまうのもどうかと思うな」

「そうかしら。こんなにしていたら、芸者を止められないのは、よく分ってるつもりなんだけど——」

「承知なら努力して匐《は》い出すことだ」

「だってどうにも仕様がないんですもの。いいのよ。どうせ私、長生き出来そうもない体だし、じきにお婆さんになってしまうんだから——」

小川さんの前で、大津さんとの関係をオクビにも口外出来ないもどかしさもからむかして、余計私は捨て鉢な気持にかられ、しまいには彼氏も挨拶の言葉に詰り加減でした。

細い通りから砂浜へ出ます。

毛ものの皮をのべたような海面が、艶っぽく黒ぐろと前方に拡がり、右手にみる伊豆半島は先端へ行く程薄くぼかされ、空に消えています。

二人は海水プールを囲む、水色の柵の傍を通り、電球の淡く光るぼんぼりが立ち並ぶ間を抜け、波打際まで行って、砂の上へ腰を下ろします。

波間に光るものが点てんとみえました。小川さんは下駄をはいたまま両脚を海の方へまっすぐ伸し、砂の上にあお向けざま長くなります。月明りの空高く、天の川がかすかにきらめいていました。

「こうしていると、体がひやっとしていい気持だよ」

と、彼氏が誘うようです。

「そう――」

私も、着物の裾を気にしながら、その場へ並んで体を横たえ、頭髪に右手を肘枕みたいにあてがい、自分で編んだ絽ざしの手提げを胸へのせました。

暫くの間二人共だまったままです。絶え間なく寄せては返す波のしぶきが、時たま顔へかかったりしました。

「この頃大津監督はくるのかね」

と、小川さんは抑えた口振りで、何気なさそうにいいます。

藪から棒に、虚を衝かれた私は大きな声を出し
「どうしてそんなことをきくの?」

心外といった勝手違いで二の句がつげません。考えてみれば、人口五万に足りない田舎町のこと故、大津さんと私の噂がひろまっていて、帰省した彼氏の耳へはいったとしても、不思議ではないかも知れません。ですが、このところ二ヶ月近く逢っていない人と、小川さんとは何の関係もない筈、と自分に都合よく解釈して、彼氏の問いを無視していました。

すると他意もなさそうなもの謂で

「頭をじかに砂の上へのせてご覧。すっとするよ」

と、小川さんがすすめます。

「髪に砂がはいるからいけないわ」

おだやかに答える間なし、小川さんの右腕がいきなり伸びて、頭を支えている私の片腕をはずしにかかります。そうはさせない気で、左手に全身の力を集めると同時に、長くなっている私の上へ馬乗りになろうとする小川さんの鼻息にびっくりした途端、彼氏の両腕を思い切り払いのけて立ち上り、二、三歩ばかり逃げ出すような脚運びとなります。突然、どうして、おとなしい小川さんが、思いもよらない狼藉を働く気になったか、あとから推量すれば、問われても大津さんの消息に触れて貰いたくなく、かたくなに隠していた仕打ちが腹に据えかねたからでしょうが——。

出鼻をへし折られた小川さんは、尻っ尾を垂れた赤犬然と、私の後をしおしお追ってきます。追いつかれても敢えて避けず、私は並んで歩き出しました。

ぼんぼりがなくなり、月光に冴える黒砂の上へ、生きもののように、くっきり二つの長い影法師が動いて行きます。

出し抜けに小川さんが

「君ちゃん。よく見て置いてくれ。――俺が死んだら、今夜のこの影法師を思い出してくれ」と、しめっぽい、新派の芝居めいた台詞《せりふ》を、彼氏は子供っぽく感情をむき出しにしていいます。そんな愁嘆振りに、私も胸を締めつけられ、一、二歩横っ跳びの、心臓の動悸さえ聞えてきます。

「後生だから、そんな心細いことといわないでよ」

と、うつ向きがちに近寄る、彼氏の泣きっ面をそっとのぞきながら

「もう十二、三年生きていましょうよ。ね、小川さんは五十まで。私は三十五まで――」

と、涙くさい、切迫した口振りです。

聞き手も素直に頷いてみせます。

「砂浜は疲れるわね」

「帰ろう――」

間もなく、二人は海岸から防波堤の上へ出ました。

「袖ヶ浜の明りがみえるわね」

東の方へ可成はなれた海水浴場に、立ち並ぶぼんぼりの白い灯が、淡く遠く見渡せました。

昔の砲台跡が、松の木を伐り倒して、芝生ばかりになっているところへきますと、とげのある針金が棒杭から棒杭へからめてあります。数え年十二歳の春、横浜から芸者屋へ売られてき

て間もない私が、姐さんの三味線箱など待合へもち運びしていた頃は、なんの囲いもなく、誰でも自由に出入りの出来る場所でした。軽い肺炎をわずらい、よく挿絵入りの雑誌をかかえてやってきた私は、松の木の下へ寝ころび、日なたぼっこしながら、読みふけったものでした。

棟割長屋の路地へはいると、蓋のしてない溝から、熱気にむれるいやな臭いもしてきたりして、程なく幅のある海岸通りへかかります。店をしめた魚屋、カマボコ製造店、居酒屋等、黒いブリキ屋根が高く低くつらなり、ほのかな生臭い空気も漂う往来に、二、三疋野良犬がうろついているばかりで、深夜みたい人影はさっぱりありません。

ふと、小川さんが私の左手を握ります。さからいもせず、そのまま二人は手をとりながら口数もなく、未舗装の路面が月光に静もる通りから、人眼もまれにある、ネオンや軒燈にけばけばしく明るい電車通りへ出て行きました。

映画館の前を過ぎたりして、三叉路となるところへきます。まっすぐ行けば神社を挟む平家建の多い商店街です。電車線路にそって左手へ曲がれば、十分と歩かないうち、先程出てきた料亭「やよい」の門前になります。私が子供から大人になった芸者屋は、「やよい」の少し手前で路地へ折れ、ドブ板づたいに十数歩行って右側の、古格子をはめた入口近く、御神燈と書いた大きな紅提灯のぶら下る二階家でした。

往来へ立ち止った彼氏は、聞きとりにくい言葉で「さよなら」といいます。

「小川さんのおうち、どっち？」

たずねてみますと
「あっちだよ」

と、彼氏は上体をひねり、右手をゆっくり上げて実家の位置を指さします。広い通りをまっすぐ行った方角でした。

私も眼で左様ならします。すると小川さんは、上背のない体へ弾みをつける仕方でうしろ向きになり、心持ちうっとりした顔つきして見送る私の方を振り返らず、さっさと行ってしまいました。


おし詰った十二月の月はな、大津さんに無断で、前から話のあった、東京のある商事会社の社長の世話になる身の上となりました。母と子供を横浜から呼び寄せ、海水プールのある海岸へ近い町中の、み間しかない二階家に住まわせたりしました。お座敷へ出ていますが、旦那もちとなっては、商売の出先で泊ることもめったになく、両方の眼尻へ出来ている深い皺のごまかしようはありませんが、追っつけ骨がらみになった深酒も加減してゆけそうでした。

私はまだ惚れていますが、大津さんは相変らず遊び半分のようです。枕芸者でなくなった噂が、看板監督の耳まではいり、具合の悪いことになったら、その時はその時と観念していました。

大晦日の午後四時頃です。例年通り帰省した小川さんは、喫茶店へ私を呼び出し、彼氏が毎月匿名の埋草原稿を売りに行く通信社からあまり遠くない、銀座裏にある小間物店の袋へ入れた、玩具みたいな小さな扇子を二本、約束通りくれます。私も自分で大体編み、しまいに袋物屋へ頼んだ絽ざしの蟇口を手渡ししていました。

［「月夜」昭和五十四年「すばる」十二月号初出］

浮雲

元日の晩、暗くなると間もなく「やよい」からお座敷がかかってきます。

枕芸者が立派に旦那もちとなったしるしみたい、波型の派手な裾模様の座敷着、金糸銀糸にまばゆい位な丸帯をしめたりして、稲穂の簪《かんざし》をさす大島田の鬘をかぶり、まるで舞台へ出るような衣装をつけた私は、それとうら腹な、頰のこけた面長な顔がめっぽうしなびてみえ、明けて数え年の二十二になったばかりなのに、三十歳過ぎた大年増と間違えられそうです。

背中の帯を結んだところへ、四ヶ月振り大晦日に帰省した小川さんが、約束どおり東京から買ってきてくれた、草色の玩具みたい小さな飾りものの扇子もさしてありました。

置床もない、がらんとした六畳のまん中に、まがい紫檀《したん》のテーブルがみえ、円い瀬戸物の火鉢の傍へ、予期した如く小川さんが膝頭をくっつけた坐り方しています。文筆稼業に似ない、日焼けした長目な顔は相変らずですが、髪床へ行ってきたばかりの、たっぷりした頭髪を半バックにし、小柄で痩せた体へ既製品らしい茶色がかった背広を着、グレーのネクタイなんかしています。

初めてみる、私のけばけばしい正月仕度《したく》に、彼氏もびっくりした面持ちでした。差向いに坐って、互に盃を上げる裡
「わたし元日のお雑煮まだたべてないの」

と、そんな筈もないのに嘘をついて、小川さんの袖をひきます。一寸面喰らった様子ですが、彼氏はよしよしといった調子で、仲居へ鳥鍋に切餅を少し註文していました。

湯気をたてて煮える鍋のものを、小皿へとってたべ、腹がふくれるにつれ、段だんなよなよと体中の骨が溶けてしまいそうな恰好になります。

左利きでない小川さんは、箸をおいてから盃もあまり持ちません。商売柄いける口の私もいつになく早目に酔い心地となり、何もかもぬぎ捨ててぴったり小川さんへ寄りかかりたく
「わたしの言うこと聞いて頂戴」

と、前置し、彼氏が初耳に相違ない、旦那をもつようになった事情を切り出すより早く
「君もそうだったのか」

と、さも心外らしく、頭から裏切り者を責めるに等しい口上です。

「小川さん大嫌い——」

と、私もいっぺんに逆上しますが、その実彼氏のいきりたった文句に気合いをかけられた形で、前から世話しようという話のあった、東京・京橋の社員が百名近い商事会社の社長は、六十歳へ手の届く老人で、私の体は大してほしがりもせず、長い年月茶屋酒にしたしみ、芸者のパトロンとなった経験もつむところから、なにかと気がついて金ばなれもよく、ゆくゆくは然るべき男と私が結婚出来るような取持ち役をしてみたい、などといい出す人柄に、始め口の大きい助平爺、せいぜい利用してやれと呑んでかかっていたのが、ほだされてパパとこの頃呼んだりもして、口先ばかりでない親身な間柄を披露します。調子にのる私は、小川さんの耳へもはいっているらしい、映画監督大津さんとの出入りまで一気に打ち明けてしまいました。

新派の舞台臭もない作品により、映画界では右に出る者がないともて囃され、めきめき名声を上げる、ひく手あまたな人にとりのぼせた田舎芸者は、身の程知らずな虚栄心の強い愚ものでしたか。馴染となってかれこれ一年近く、一本の写真をとり終る約五十日間以外はちょいちょい逢い、つい先達《せんだつて》も箱根湯本の旅館へ泊ったりしていましたが、小川さん同様、四十歳へ近くなりながら大津さんは独身者で、後家の母親と一人息子の彼氏が鎌倉の方でずっと水入らずに暮らしてい、それがもち前みたい、私を遊び相手以上に扱ってくれません。小遣銭さえろくすっぽ貰っていず、そうした相手故無断でパトロンをもつ踏ん切りもついたような訳ですが、ことが大津さんに洩れて具合が悪くなったら、その時はその時と観念してもいます。夜毎違う客を腹へのせる不見転の境涯から、実業家と映画監督が合乗《あいの》りといった模様に変り、かえって先ざきが思いやられ、益ます深みへはまるような身の上でした。酔いに紛れ、そんな次第を包み隠さず小川さんの前へぶちまけてしまいますと、溺れる者が藁を摑む譬どおり

「パパへ頼んで一緒にさせて貰おうかしら――」

と、いい、切迫した眼つきで、小川さんの顔色をうかがいました。その場の気紛れともいえそうな、ヒステリーじみた私の出方でして、彼氏が知っている筈のない、パトロンをもっと横浜から小田原へ呼び寄せ、海岸に近いみ間きりの借家へ住まわせた、母親と四歳になるてなし子のことなどまるで念頭にありませんでした。

小川さんも意外な私の申し分にぎくっとしますが

「君はめしがたけるのか」

と、駄目を出します。

「習えば出来るわ」

私もひけ目をみせません。

「着物が縫《ぬえ》るか」

「それだって習えば出来るわ」

ムキになって押問答を繰り返す裡

「――いや、俺なんか駄目だよ、巡査の月給ほども稼げない人間なんだ――」

と、小川さんは正直なところを口走り、われその器にあらずと一応辞退してみせます。年間二つ三つ短篇小説を薄っぺらな原稿料も安い文芸雑誌へ書くだけでは独り口も塞げず、銀座裏の大きな通信社へ毎月匿名の埋草原稿を売り捌いたりしているような下積みの文筆業者では、世間並な世帯なんか持てない道理でしたか。

小川さんにかわされると、私は正体もなくうわずってしまい、見果てぬ夢でも追うかの如く
「じゃ、わたしが結婚する時は何を祝って呉れる？」

と、取り縋るようです。

「そうだな。桜紙がいいや。桜紙をうんとやろう――。ヒッヒッヒヒ」

彼氏も仰山にむせっぽく笑い出します。

「桜紙をくれるって?!」

思わず私は素っ頓狂な声をはり上げ、両肩を大きくゆすっていました。

松の内で忙しく、あと口を仲居が告げますが、その都度私がとり合わないのにあきれ、しまいにはなんともいってきません。

三時間近く「やよい」へ長居し、小川さんの財布も大分軽くなったのでしょう。なんかすさんだふっ切れない気持で、二人は別れていました。

中三日置いて、小川さんが東京から舞い戻り、外もまだ明るい時分「やよい」で顔を合せます。

鬘はかぶらず、多少赤味のさす薄い頭髪をひっ詰まがいにし、荒い縦縞の座敷着を痩せこけて腰まわりだけ太い体にぴったり着こなす私は、彼氏が何用できたかといいた気に、しらけた顔を向けています。大津さんが名コンビのシナリオライターBさんと、母や子供のいる借家からそんなに遠くない旅館へ、昨日から約ひと月振りきており、あいにく五時前ののぼり列車で帰る矢先でもありました。

とりつく島がなさそうに、くぼんだ小さな奥眼を伏せがち、小川さんは盃もろくに上げませんが、驪て開き直って

「この前どうしてあんなことをいったんだ」

と、私を上眼づかいに詰問します。

あんなこととはどんなことか、すぐ察しがつきました。旦那の助力で結婚をなどと、小川さんの気をもたせるようなことをいっていたが、あれは本音なのかどうか、本当にそのつもりなら、あの時は自分を失格者みたいに卑下したけれど、二人でじっくり相談の上、なんとか世帯

んぐります。

をもつ算段したい、とそんなふうに私が母と子をかかえているのも知らない彼氏の皮算用をか

私は先廻りしました。

「小川さんがあんまり貧乏だから――」

と、ずばり、一緒になれない理由を述べ、彼氏へ引導を渡します。

小川さんも、即座に私の意中を納得したらしく

「貧乏は誰も歓迎しない――」

と、呻くようです。

返答のしようもなく、私はがっくりうつ向いてしまいました。二人共押しだまる六畳座敷の空気が重っ苦しくなります。そんなところへ、頭髪を銀杏返しにゆった、大柄な大年増の仲居が顔を出し、今しがた下地っ子が私の紋付羽織を届けにきた由を耳打ちしました。

大事な落し物をしたかのような小川さんの顔をうかがい

「大津さんが帰るの――」

と、つとめてさり気なくいってみます。彼氏は薄くて間ののびした眉を、ぴくぴくけいれんさせました。

「そんなむずかしい顔しないで――」

と、いって、私は静脈のすけた小さな手を差し出し、握手を求めます。

小川さんも仕方なく、痩せた体つきに似ない、節くれだった頑丈な右手を伸ばしました。

彼氏が東京の銀座裏にある、二度ほど玩具みたいな扇子を求めていた店から、包装した小さな箱へ入れたものを買ってき、私に呉れた土産物がテーブルの下へあるのも置き忘れ、大津さん達を小田原駅まで見送る時間に遅れてはと気がせき、小川さんへ満足な挨拶もせず、座敷からおお急ぎに跳び出します。

あとで「やよい」の仲居にきくと、小川さんも私のあとを追うように会計をして料亭を出、まっすぐ東京へ帰ったらしい、といっていましたが――。

翌々日、忘れものが小包となって手許へ郵送されます。金釘流の覚束ない文字ですが、折返し手紙を出していました。

――なんでも打ち明けることが出来、どうしたらいいか自分でわからない時、教えて頂ける人として、交際を続けてほしい。

と、いった、こっちに都合のいい文句ばかり並べた手紙の返事に、小川さんは友達として苦労の多い君の力になって行きたい、云ぬんと背伸びしたような文面でした。

三月の月始め、煉瓦を敷いた銀座通りで、暫振り小川さんをみかけます。土気色した鳥打帽に、日焼けのひどい海老茶色のオーバーをひっかけ、例のカニ股気味な脚運びで、資生堂の前を通りかかる彼氏は、頭髪も素人風にして、地味な銘仙の着物、羽織、肩掛けの合せ目へ尖ったあごをあてがいながら行く私に気がつきません。こっちも知らぬ顔に、すれ違いそうにしますと、小川さんは人通りの多い場所柄も考えず、大きな筒抜け声で私を呼び止めました。

くどく、小田原へ無沙汰しているとか、弁解がましい口をきき出す彼氏へ

「喫茶店の女の子と鯛焼ばかりくってるからよ」

と、私は毒つき、拗ねたふりです。

そんなものを持って夜な夜な行きつけの店へ出かけ、給仕女とどうとかこうとか、小川さんの他愛もないゴシップが最近都新聞の文芸欄の隅へ出ていました。貸し間の四畳半へひとりくすぶり、男一匹羽根を伸ばしたいにもふところがさみしければ、得てして隅田川の河向うにある私娼窟を徘徊したり、住居に近い上野・広小路へんの喫茶店へ長時間ねばり、ものほしそうな眼つきして、人絹のペラペラした振り袖をひけらかす、娘達を眺めたりしているしか能もなかったのでしょうか。

大きな茶房でコーヒーをのんでから、小川さんと連れ立ち、高い新橋駅のプラットホームへ上ります。熱海行がくる迄少し時間がありました。

「いつでもここへ立ってると、東京には知った人が誰もいないような気持になるの――」

大都会の埃を吸いながら独り歩きしている彼氏も、同感というふうに頷きます。

十日とたたない裡、小川さんと「やよい」で顔が合いました。久方振りに、お手のものらしい啄木や牧水の短歌を朗詠して貰ったりして、いつになく日本酒を余計呑む小川さんとお座敷で別れ、私はあと口のかかった待合へまわります。

不見転していた時分、月のうち自分の布団へ寝る夜などものの五日となかったのが、この頃では反対に出先で泊る場合が珍しい位でした。顔の化粧を落し、白いネルの寝巻に着替えて、私専用の六畳へのべた床にはいろうと、枕元へ映画雑誌なんか用意していますと、出入口のガラス戸があく音です。上りはなの三畳へ出て行くと、三時間位前別れた背広姿の小川さんが、何を戸惑いしたのか、靴をぬぎ上り込んでいます。白い寝巻着た私をみて、眼をそらしましたが、彼氏はそれきりものをいうでもなく、ぷすっとしそこへ立った儘です。

「お父さん」

と、私も無気味になり、隣りの二階家へ住む主人を呼びます。小さな声で無論聞える筈もありませんが、出入口の横手の三畳には、お茶をひいた私と同じとし恰好の女が、背中の痛くなりそうな煎餅布団へくるまり、白粉やけした丸い顔だけ出して、狸寝入りをきめていました。

「お父さん」

と、私はおどかし半分繰り返します。何しにきたのかさっぱり要領を得ない、眼の前へいる私に手出しもせず、どうしろというでもなく、金しばりにあったような人を、追い返すのに大して手間もかかりませんでした。

小川さんが、だんまりで短かい猪首を縮めながら、ひと脚外へ出ますと

「こんな非常識な真似をする人とは思わなかったわ」

と、私はずけずけいい、大きな音をさせてガラス戸をしめ、きりきり止め金のネジをまわしていました。

桜時となります。

先夜のていたらくなどけろりと忘れたみたいにしている小川さんと「やよい」の六畳でテーブルを挟み、差向いになります。私もさのみこだわりを顔へ出さず、互いにカマボコなんかつまみ、盃を重ねます。

生ぬるい空気のよどむ座敷へ、サーカス小屋で楽隊の鳴らす悲鳴に似たものがかすかに流れてき、独り者の彼氏は時どきそそられるように耳を澄まします。

「軽業《かるわざ》を見にゆこうよ」

「そうね。――わたしこうしていたいんだけど」

「ゆこう。思い出になるよ」

たってさそわれればいやといえず、大津さん達を小田原駅で見送った時のように、下地っ子に届けさせたもみ裏の黒紋付を座敷着の上へ羽織り、料亭を出てから、花冷えする夜空の下を、小川さんと城址の方へ歩いて行きました。

濠端に並ぶ満開の吉野桜が、照明を浴びて書割り然と眺められ、間を置いてぼんぼりも一列に薄い紅色の灯をつらねています。夜桜見物の人影は稀で、風もないのに花びらが散りました。

「大津監督はこの頃くるの？」

と、濠へ架かる、欄干だけ赤い橋を渡りかけたところで、小川さんが何気なさそうにいいます。

「ここ暫くみえないわ」

「仕事で忙しいんだろう」

「そうね。――わたしはまだ惚れてるけど、先はどうだかわからないわ」

と、いっそひとごとみたいな口振りです。

大津さんは私にパトロンが出来たからといって、表面どうということもありません。それとわかっていても人気の出盛りなひく手あまたの映画監督では、当人のほこりが許さないのでしょうか、合乗りの件はオクビにも口へ出さず、それを又いいことにこっちも頰冠りのしどおしでした。ですが、いずれ私が大津さんの鼻につき出し、素気なくそっぽ向かれてしまう日も、勘定に入れて置くしかない昨今でした。

「東京へ踊りの稽古には通ってるの？」

「え。一週間に二度ね。パスを買って行くには行ってるけど、名取さんになる気もあんまりしないの」

パパと呼ぶ人のすすめで、東京・築地三丁目に住む、吾妻流の家元へ弟子入りしてから二ヶ月余になりますが、都々逸《どどいつ》の三味線一つひけなかった枕芸者に芸ごとの下地もある訳がなく、踊りの師匠という看板を表へ出す世渡りなど、身軽でない境涯の私にしたところ二の脚を踏みたい勝手のものでした。老実業家は口癖のように、自分のついてるうち名取になれ、間違った時の要心に、自活の出来るみちをつけて置くにこしたことはないから、といっていましたが――。

城址へ小屋掛けする、サーカスは満員札止めで、夜桜の濠端を電車通りに引き返し、行きつけの喫茶店へ寄りました。私の註文で小川さんも紅茶にホットケーキをたべ、店を出てすぐ左様ならしますが、互いにそれとなく振り返る様子でした。

から梅雨らしい六月の月なかばです。

埋草原稿でも通信社へ届けた帰りでしょう。田舎者丸出しな、手織りの厚ぼったい単衣の着流しで、人絹の兵児帯をしめ、素足に焼杉の駒下駄つっかける小川さんが、銀座通りの亀屋の店先をぶらぶらやってくるのに眼が止まりました。と、彼氏もすぐ青っぽい錦紗の単衣に薄い藤色のショールをかけた、踊りの稽古から戻る途中の私に気がつき、漁師顔負けに日焼けしている長い面相を、屈託もなさそうにほころばせながら近寄ってきます。それにツンとした一瞥を向けたきり、私は知らぬ振りにさっさと新橋の方へ歩いて行き、呼び止める大声もいっかな耳に入れようとしません。

小川さんの為、寝首をかかれたも同然のひどい目にあっているのでした。つい十日程前、その日も大津さんはシナリオライターのBさんと一緒に、箱根湯本の旅館へ遊びにき、私もよばれて遠出していました。すると、大津さんとBさんが、近くの谷川へ魚釣りに出かけることになり、少しの間Bさん一人になったところで「これを読んでご覧」と、二百頁に足りない、私が初めてお目にかかる文芸雑誌を貸してくれます。お二人が帰る迄に恰好な読みものと、若葉青葉に匂う湯坂山を真向いに見る籐椅子へ大きな腰をおろし、楽な姿勢となって、目次のページを拡げます。一番先に、小川さんの名や「下草」という題をみつけ、彼氏の作品は初ものでもありませんが、早速挿絵入りでない二段組の小説へとびつきます。ですが、読む程にこけた頬が硬ばり、心臓の動悸さえ高くなります。

小川さんは、今年の元日の晩、一緒に鳥や切餅をたべたあと、私が酔った弾みも手伝ってぶちまけた、パトロンと映画監督を相手にするようになった一部始終をネタにして、彼氏と覚しい人物の登場しない、小説らしい仕立の短篇を拵えていました。出来のよしあしなんか考える余裕なく、二人の男の間を立回る、自分とよく似た女が眼の前へちらつく作品に、初経験の私はあてられて当惑したり、こんなものが大津さんの眼に止まった場合も懸念したりしながら、ひきずられるようにしまいまで読み終ると、おちおち籐椅子へ腰をおろしてもいられなくなりました。

Bさんが知っていて、コンビで通る大津さんが「下草」をみていない訳はありません。惚れた弱味というのでしょう。肩揚げがとれてから枕芸者の場数も踏んで、相当ヤキのはいっている私としたことが、一途に大津さんへ合せる顔がないと思いなし、といって旅館を跳び出してゆく気にもなれません。

釣道具下げて、大津さん達は八畳の座敷へ戻り、彼氏がトイレへ立ったスキに、Bさんへ頼んで雑誌を貰ったことにします。晩めしのテーブルへ向かいますと、ウィスキーのめっぽう強い人は、例によって箸よりグラスへ手を出していました。Bさんが馴染の温泉芸者共ども、別の座敷へ引移ってからも、大津さんは「下草」のしの字もいい出しません。どこまでもお高くとまり、みてみない振りして通すつもりらしい大津さんに気を許していいものやら、後日のしっぺ返しを覚悟して置くべきやら、さっぱり量見がきまらず、床にはいって六尺近い大男へ必死にしがみついても、ラチがあきませんでした。

翌日の午後、大津さん達を小田原駅のプラットホームまで見送りますが、いつになく生殺しにされたみたいな後味でした。それもこれも、小川さんに身の周りをあばかれ、小説として世間の曝《さ》らしものにされたせいだ、といちがいに彼氏への恨みつらみをつのらせます。

かねがね人をみたら泥棒と思えとも承知しながら、酒のはいったその場の虫の居所で、前後の見境なくうかうか喋りまくったわが身のはしたなさ、お人好し振りを、地団太踏んで口惜しがったとて、所詮あとの祭りでした。

新橋を渡り、右へ曲ってどぶ臭い河岸に赤煉瓦の煤けた倉庫が並ぶ、人通りの少ない通りへはいります。

ものもいわず、大急ぎで歩く私から、小川さんは離れずくっついてきますが、素気なくするこっちの気心が読みかね、段だん仏頂面になります。

「おい」

と、彼氏が私の単衣の片袖をひっぱるや、ひと針ふた針縫い目がほころびます。くすっと苦笑しますが、私は脚運びを一向にゆるめません。

「——書いたからか」

小川さんもやっと思い当ったようです。

少し間を置き
「いいえ」

と、私はシラを切っています。

しぶとい扱いに手を焼き加減、電車通りへ出る手前で、挨拶もなく彼氏は廻れ右しました。振られぱなしで、わけを聞かないことには引っ込みがつかなかったのでしょう。一日置いて、雨降りの日の午後四時頃、「やよい」からお座敷がかかってきます。小川さんが行きつけの家ですから、彼氏に間違ないと合点して出渋りましたが、そうもゆかず、ろくすっぽ眼尻へ深い皺のみえる顔の化粧もせずに、置床のないがらんとした六畳の障子をあけます。

「小川さんのお座敷へは金輪際出ないことにしたの。——今日だけよ」

のっけから実も蓋もないことをいい、さされた盃も手にとろうとしません。問われるまま、彼氏を忌避するわけを簡単に話しました。

「あの雑誌は小田原の本屋へきていないから、多分読まれないと思ってね」

陰でひとの寝首をかくような真似をしながら、つかまったコソ泥みたい恐れ入る小川さんは、こっちが畳へ両手をついて謝罪しろと嵩にかかれば、言下にはいつくばりかねないいじましさでした。

「いいのよ。あやまって貰ってもどうにもならないわ。——私が甘かったの」

「弁解のしようがない。だがね、俺は君に惚れていたんだ——」

と、彼氏は眉の間に皺を深くしてうつ向きます。

かけ値のない言葉かと真にうけ
「小川さん泣かせるわね」

と、鼻声になり、私は泣き落しにかかった勝手ですが、しこっている胸の中は容易にほぐれそうもありません。

はいってから十分もたたず「やよい」の座敷を出てしまいました。


世は満州事変後、日支事変と慌しく移り変ります。

大津さんも召集され歩兵伍長の肩章つきで、上海方面へ出征している姿が、新聞の三面へ大きく出ました。

追っかけ、大事な旦那が胃癌になって慶応病院の一室で亡くなりますと、生前の紹介をたより、私は家族を小田原の借家へ残したまま、新橋に住替える仕儀となります。

見番へ近い、二階建の芸者屋「春泉」の「三鈴」と名乗りましたが、パトロンもなく、何一つ芸ごとも身につけていなければ、振り出しの枕芸者へ戻りがちでした。

私と入れ替りみたい、小川さんが郷里へ居着く模様になったと、小田原で芸者している旦那運のよい友達から聞きました。彼氏のお父さんも先年胃癌で亡くなり、十歳としの違う一人きりの弟が長男の身代りに魚屋しており、中気で脚腰のたたないお母さんもいるそうですが、都落ちした中年の独り者がどうしてたべてゆくのか、知ったことでもありません。

新橋から出て、半年もしない間に、たちのよくない眼病にかかり、一ヶ月近く入院しました。前からそこだけが売りものと自慢にしていた、切れの長い二重瞼のぱっちりした眼は、いくらお酒に酔っても清水のように澄み切っていました。その看板にもしものことがあったら、と考えてみるだけでも気が滅入ってしまいました。

さいわい、無事にもと通りの両眼となり、商売へ戻る間なし、先の旦那よりひとまわり近くとし下の、やはり商事会社へ籍を置く専務の世話になるまわり合せをみ、ひと息つく折から、世は太平洋戦争へ突入していました。

専務も召集され、関係が切れてしまいますと、料亭あたり日本酒など配給制と変るあんばいで、めっきり花柳界もさびれ勾配、さしずめ枕芸者なんか口の干上りかねない形勢となります。友達に小田原へんの景気をただしても、根っから芳しくないようでした。

思い切って、水商売の脚を洗い、お座敷で知り合ったさる弁護士の日本橋に近い事務所へつとめ、受付めいた役割りにまわり、踊りの稽古で往復した時と同様、小田原からパスで通勤する身上になります。本宅が阿佐ヶ谷の方へある人から、月給以外の金品も受取る寸法でした。

終戦になる前年の九月なかばです。

紺絣の単衣にモンペをはき、ハンドバッグをかかえて、いつもの時間通り、朝の日射しをまぶしがりながら、小田原駅前の広場へかかりますと、ごくたまに大通りですれ違っていた小川さんをみかけました。五分刈り頭に安っぽい戦闘帽をかぶり、二重まわしのお古を国民服に仕立直したと覚しいものをひっかけ、人絹のぺらぺらした半ズボン、日に焼けた赤黒いすねが丸出しの彼氏も、私の方へ笑顔を向けながら、腰かけていたベンチの前へ立ち上ります。駅の出入口近くで、二人は数年振りの挨拶を交わしていました。

立ち話となって、小川さんは工員に徴用され、これから横須賀の海兵団へ行くところだといい、傍のベンチに置いてある、よごれた木綿の大きな風呂敷包を指さしたりします。

「ご苦労さまです」

と、型通りひっ詰風にした頭を下げ

「私もずっと東京へ通勤していますの」

ついでに

「七時三十五分のでしょう」

と、私は列車の時間をいい、言外に同車をすすめます。

「いや、横須賀まで見送ってくれる人が二人いてね。待ってるんだよ」

と、小川さんは、私のさそいを喜んで小さな奥眼を細くしながら、そんなに辞退してみせます。

鼻白み、私はぷいとその場を立ち去りかけましたが、東京の玄関に近いサイパンも陥落した現在、軍港へ狩り出された彼氏がどうなることやら、とうしろ髪ひかれ、きびすを返して小川さんへ改まり
「ご機嫌よう」

と、大形な頭の下げ方します。

彼氏も鯱張った不動の姿勢となるようでした。


三月の大空襲に、日本橋の勤先が類焼してから、小田原で世間並にたべものの不自由しながら、なけなしの貯金を下げたり、衣類の売り喰いもしていますと、八月十五日の終戦になります。

翌年の正月から、焼け残った東京・築地の料亭へ、住みこみの女中となる話がきまる早そう、

六十歳前でわりと脚腰の達者な母親へ、小学校の出来はあまり感心しない男の子の面倒をおしつけ、小田原から出て行きました。

四月の月はな、約ひと月振り、ひと晩母と子の傍で、雑巾がけもする体の骨休めし、翌朝満開の桜が並ぶ濠端通りをまっすぐ国鉄の駅へ急ぎ、のぼり列車のくるのをプラットホームで待っていますと、思いがけなく小川さんにぶつかりました。薄い草色した海軍の作業服に、編み上げの赤靴、戦闘帽も新品らしく、昨日復員したばかりの水兵に似た彼氏の服装です。

列車が停ると、手ぶらの小川さんは私の小型な衣装などはいったトランクを下げ、こっちは風呂敷包一つかかえて、窓からいきなりホームへ跳びおりる乗客もみえる、満員の三等車へ割り込み、彼氏が荷物を網棚へ上げてくれました。

列車が動き出し、白っぽい河原に蒼い流れの涸れた酒匂《さかわ》川の鉄橋を渡れば、まだ雪の深い富士が箱根の外輪山をふんまえ、くっきりと大きくせり出します。

「小川さんはずっと横須賀でしたの」

「いや、去年の二月から、小笠原の父島へ連れて行かれました。あぶないところでしたよ。アメリカ軍に上陸されたら、硫黄島の次ぎに玉砕してますね」

「早く終戦になって本当によかったですね」

「ええ。あんた丈夫そうですが、少し肥りましたか」

「としですわ」

「いくつになります？」

「三十三」

「ほう。まだ若いんだなあ」

「小川さんは？」

「もう五十です。爺さんですよ」

「嘘おっしゃい。四十─五、そうでしょう」

「まあ、そんな見当ですね。──この頃酒と縁がなくなって、それで多少肥られたのではないですか」

「酒とはまだ縁が切れてません」

目下築地の料亭で、お座敷女中（仲居）していると身上を明かします。

「そうでしたか」

「芸者のはいる家で、新橋の事情をよく知ってる者というので行ったんです」

妻子なく独り歩きしてきた人も、徴用で大勢のひと中へほうり出され、揉まれたせいでしょうか、結構人間が変ったみたい丁寧な口もききます。

「いろんな客がくるでしょうが、そういう人達は戦争に敗けた日本の将来をどんなふうにみていますかね」

「そうですね。悲観ばかりしたもんでもないといっています。——新橋なんか、わたしの出ていた時分と今とでは、信じられない位変りましたけど」

「そうですか。——あんた昔、三十になっても、家庭へはいっていいママになれなかったら、死んだ方がましとよくいってましたね」

小川さんは藪から棒に、当時小田原の枕芸者と好いた同士の夫婦約束までしながら、相手が商売柄になくはらむとみるや、母親にもそそのかされたりして、それっきり姿をくらましてしまった東京の会社員が、十五歳なる子の父親だといまだにきめている、私の泣きどころを衝いてきます。

挨拶にこまり

「ええ」

と、口ごもります。が、やおら居直り気味、相変らずのヤモメ男と睨む彼氏へ

「小川さん、奥さんをお貰いになって？」

と、斬り返します。

彼氏は立ちどころに、両眼のくぼんだ長い顔を苦茶くちゃに顰《しか》め、かつて聞き覚えのある、巡査の月給ほども稼げないから、とでもいい出すかと思いのほか

「あんたに惚れてるんだ。――だからひとりなんだ」

冗談とも本気ともつかず、怒鳴るような大声となり
「父島でもよく夢にみていたんだ。ヒッヒッヒヒ――」

と、自嘲まじり、周りの乗客の手前も憚かりません。

「まあ――」

と、私も吹き出しかけますが、毒気を抜かれ二の句がつげません。

ひとしきり、線路のつなぎ目へあたる車輪の響きが高くなります。

「そろそろ藤沢ですね。こんないい陽気に告別式へ行くなんかぴったりきませんが」

「そう。すっかり春めいちゃって――」

私は中腰になり、並んで立っている、三つか四つ位の、垢じみた着物を着、頭髪をお河童にした女の子を、両手で支えてやるような恰好となります。

そして又、吊り皮へつかまり、背丈のそう違わない小川さんと鼻を突き合せていました。

「文化国家と看板が変ったせいか、雨後の竹の子みたい雑誌が出て、なんとか書いてやってゆけそうですが、築地あたりの景気はどうですか」

「新円になった当座ぐっと落ちたけど、この頃多少盛り返したようですわ。――わたしが住み込みでいる家は、松坂屋の横をまっすぐ行って、橋を渡った四つ角の近くです」

料亭の名も、一度寄れとも、自分目当の客をもつ私はいいそびれますが、彼氏の方でも大体聞流しにする顔つきのようです。

小田原の友達から耳に入れた、小川さんの舎弟のことがふと頭へ浮かび

「弟さんまだ帰りませんの」

「おと年南支の方へ行ったきりですよ。——生きてるのか死んだのかわからない」

小川さんは眼をそらします。大津さんの消息も、仕事場の撮影所でさえ承知していないようです。中支から帰還し、一本写真が出来上ると間もなく、召集で仏印方面へまわった模様ですが、その後足掛け三年、行先不明でした。

「留守番するお上さんも大変でしょうね」

「弟の顔をみてない三番目の子を産んでますしね。でも、商売は世帯もちの奉公人がやってくれるから助かります。あれは小僧代りに赤ん坊をおぶい、魚市場へリヤカーなんか毎朝ひっぱって行くようですが」

「お手伝いします？」

「いや、別のところへ居るし、あまり——」

「いけない兄さんね。フ、フ、フフ」

「へ、へへへ。次ぎで降ります。——お名残り惜しいようですが」

小川さんは、くぼんだ奥眼を細く小さく、人なつこい顔になります。

「又お目にかかりましょう」

私も心持ち弾んだもの謂でした。

午前のうららかな日射しに明るいプラットホームへ列車が停ります。

「左様なら」

「ご機嫌よう」

——その年の六月、大津さんは無事に南方から復員しますが、小川さんとはさっぱり出逢うこともなくなりました。


[「浮雲」昭和五十五年「新潮」一月号初出]

ある生涯

大正の初年、三造は十二歳の春、私の家へ小僧奉公にきた。

生家は父で三代目となる魚屋であった。当時父は三十歳代で、箱根の中腹にある二軒の温泉旅館を出入り先としていた。N屋の方は構えも大きく、客種もよかったが、まだ登山電車も開通していず、麓の湯本から上の方は人力車の便しかなく、夏場と紅葉時分を除いては客脚がうすかった。殊に十二月から翌年の三月にかけて、宮の下、底倉、小湧谷へんの旅館は、開店休業も同然であった。私の家では箱根の行商だけでは生計が成立たず、副業に仲買もやっていた。相模湾の定置網にかかって、小田原の市場へ水揚げされる鰤《ぶり》を買い、四本一箱に詰め、東京、横浜、遠くは大阪、京都あたりへ鉄道便で出荷し、儲ける時もあれば損する場合もあった。又、春、秋には地元の海でとれる鯵《あじ》やかますの干物、うずわの塩づけ等、一家総出でつくり、東京・日本橋の問屋へ送って零細な手間賃を稼ぎ、豊漁の年はいかの塩辛も拵え、小さな樽詰にして売出すあんばいであった。

三造は相模川の河口に近い須賀港の生れで、漁師の子らしく頑健な、としの割に体も大きかった。祖父母に甘やかされ放題に育った一人孫の私は、二歳とし上の彼を好個の友達のように心得、棒切れを互いに振りまわし、縁側の板敷をどたばた踏んで立ち廻りの真似をしたり、海岸で二匹の小犬然と悪ふざけもしたりして、よく遊んだ。三造は須賀訛《なまり》がぬけず、私の両親を「おじさんえー」「おばさんえー」と語尾を長くひっぱって呼ぶ癖もあった。

小僧は彼一人きりで、老、壮、少五人よりいない家族と同じ卓袱台へ向かい、めきめき大きくなって行った。彼の背丈が伸びるにつれ、第一次世界大戦の好景気も上昇していた。成金と呼ばれる分限者が現われ、追いおい箱根全山に客脚もひんぱんとなり、たまにはハイヤーの姿がみられ、早川を挟む谷間へトンネルを掘る登山電車の工事も始まるが、冬の間正月の松の内以外、やはり中腹の旅館は長い霜枯れ時を余儀なくされた。

魚屋連は、湯本まで身柄と一緒に、荷も電車へのせてやってき、下車すると各自籠のかけ縄へ天秤棒を通し、一揃に担ぎ出していた。細長い籠へ艶出しした魚を行儀よく並べ、夏場はその上へ割り氷をふりかけて置く。手拭のねじり鉢巻、草鞋ばきで、中年者から小僧まで、多い時には三十人あまりが一列縦隊となって、塔の沢、大平台、宮の下、底倉と、次第に深くなる谷間をぬって登った。急坂が多く、熔岩の風化した路面はでこぼこで舗装も何もしてなく、魚屋も八百屋も、その他大風呂敷包を背負って行く商人連も随分山道で難儀した。遊山客をのせる俥には一人あと押しが必要であり、農閑期に米・味噌持参で湯治へくる近在の爺さん婆さん達も、着るものを端折り、杖をついていたりした。

一列になって登る魚屋の先頭は、その時の行列の長短にかかわらず、大概父が受持っていた。うわ背こそ五尺少しの小づくりながら、両肩が広く怒って、多年の担ぎ仕事に天秤棒のタコが盛り上っており、全身骨太で筋肉がひき締り、どこといって悪いところもなかった。坂へかかってからの脚のきざみ方、平坦な道を小走りに行く場合の速度等、万事呼吸を呑み込む古つわものであった。

米俵一俵分の重量と同じ荷が担いで行けなければ一人前の魚屋といわれない。小僧にくる早々、三造は体に見合った、天秤棒の長さも、魚籠の大きさも、はく草鞋の寸法も、すべて大人のそれより小さいものをあてがわれたが、始めのうち進行する列からとり残されがち、荷を坂の中途へほうり出して、ベソをかく日もあったりした。そんな時は、先頭を切る父が助けに引き返し、三造の荷を受取って、路端へ置いてある自分の魚籠へのせ、二人分一緒に担ぎ出した。身軽になった三造は天秤棒だけかかえ、のこのこ行列のあとを追って行った。

柄の大きい三造は、おおめし喰いの方で、十五、六歳ともなれば上背が大人並みに伸び、米俵一俵分の魚を担いで宮の下、底倉へんまで登れるようになった。

戦時景気は好調を続け、箱根山中ハイヤーの疾走など珍しくなく、ランプを使っている類いの旅館は山から姿を消し、ワラ屋根が瓦ぶきと変り、客室を建増しする家も多く、山の麓の温泉場からはみ出した客脚は、上へ上へと延び勾配中腹の旅館も年末や一月の月なかばから二月一杯は相変らず閑散ながら、あとの月は土・日曜以外でも結構賑わっていた。

箱根へ行く魚屋連は、たいがい鰤の仲買から手をひき、鯵の干物や塩うずわの出荷も、やめるともなくやめてしまった。私の家でも好景気のおこぼれにあやかり、漁師の所有だった五十坪の地所を、銀行から借りた五百円で買いとり、その上へ建っている六畳、八畳ふた間きりの、天井もはってなく、荒壁にうわ塗りもしてない家の中はその儘、小田原ぶきという雨もりのしていた板屋根を、トタン板にはり換えた。高利貸しや質屋ともようやく縁が切れ、他所行の際父が金時計をぶら下げたり、母が前歯に入れた金冠や、水仕事でふくらんだこわい指へ、光るものをひけらかす具合ともなったりした。祖父母は相次いで亡くなり、私より十歳下の弟が生れて、三造のほかに一人奉公人もふえ、商売が忙しい日の助っ人も臨時に用意されていた。

父はあまり山へ登らず、月に何回か分けて支払う魚の売りかけ代金を、N屋S屋へ貰いに行くだけで、売る方は大体使用人に委せ、毎朝市場のセリへ立ち合い、もっぱら魚の仕入れ方に精出した。得意先から翌日の註文を前もって聞いてき、五十人前入り用なら、刺身ものがどの位、焼きものの鯛が何枚、わん種のきすが何十本、車えびが何十疋等、みつくろって市場で買い集め、二軒の旅館の勝手口へ担ぎ込むきまりであった。盆暮に僅かな袖の下を受取る料理人が、ひと通り魚を点検しても、値段や鮮度について、かれこれ口を出すためしはめったになく、売る方はあまり骨の折れない商売であった。

三造は二十歳の年頃になると、旅館へ出入りする人数の中心に立っていた。彼よりとし上の担ぎ手が加わっても忙しい日の助っ人で手下に親の跡目を継ぐ筈の私と、私より一つとし下の遠縁に当る小僧がいた。高等小学校を出て旧制中学校へ行き、一年たたないうち、郡立図書館の本を盗んで放校され、親共にも追払われ、横浜の金物商へ奉公に行っていたが、半年足らずで脚気をわずらい、小田原へ戻って、病気回復後、市場の買出しについて行き、山の登り降りもし始めていた。かつての三造のように、短い天秤棒、草鞋も小さいのをはき、半人前の荷を担いで行くが、三造と違い生得小柄で、頭ばかりでかい非力な私は、馴れる迄結構辛い思いをした。手拭のはしを噛みながら、泣きっ面下げて、急坂を這うように登る仲間の一列縦隊へついて行けるようになる迄、再三荷を路端へほうり出し、三造の厄介にその度なったりした。一つ違いの浜吉は、私より少し背は低いが百姓の子らしくがっちりした体で、私と同じ目方の荷を担いで、始めは彼もよく泣いたが、段だん私を追いこした。意地を出し、浜吉に遅れをとるまいと、歯ぎしりしいしい担ぐうちには、坂道の急勾配にも脚の出る運びとなり、天秤棒にこすられて肩の甘皮がすりむけ、にじみ出した血で着ているシャツが度たびよごれる程に、脚腰の筋肉も固まってゆき、二十歳へ手が届きかける頃には、上背のない私も一人前の荷がこなせるところまで漕ぎつけた。父の真似をし、やたら行列の先頭へ立ちたがった。

主人の代理みたい、商売先で責任者じみた口も利き、帰りがけ旅館の帳面へ矢立のチビ筆を走らせ、金釘流に主人の書いてよこした魚の売値、品目、員数をうつしたり、板前から明日の註文もとってくる三造は、身長も五尺七、八寸ある大男に成長していた。屋外労働する者らしく、顔や手脚に日焼けがみえるが、漁師の子に似ず色が白く、長目な顔の造作も大口が邪魔になるほかは概して整っており、煙草とも酒ともまだ縁がなかった。その彼がとし上の魚屋仲間にひっぱられ、ちょいちょい女郎買いをするようになった。

小田原の町はずれに「新地」と通称される、周りを四分板塀で囲んだ遊廓がある。総二階の女郎屋が五軒、明治この方店を並べ、酒席でたたく太鼓の音が、風の向きにより、漁師や魚屋の多い海岸通りからも聞えた。

眼もとを糸のようにして笑うと、邪気のない愛嬌たっぷりの相好となったりして、としも若ければ、ふところはどうであれ、三造は女郎衆に可成もてたらしい。「あれは女に入れ揚げさせる方だ」と、母もみてきたようなことをいい、あの錦紗の三尺も、桐の駒下駄も、みんな女郎の貢物だ、などと「新地」へ祭りの山車《だし》をひっぱって一、二度はいった他、足踏みした覚えもない私には、呑み込にくい文句も並べていた。彼と逢いにきた午下り、裏の物置小屋のかげへ肩口をつぼめて佇む、白粉臭い丸顔の、派手な柄のゆかたを着た小肥り女を、私も一度みかけていた。

三造は徴兵検査に、まんまと合格し、千葉県下の鴻ノ台野戦兵聯隊へ入営した。当日、身銭を切って着せた晴着姿の男を、女郎屋のあるじの諒解をとり、贈り主がわざわざ兵営の門前まで、ひと目を憚かりながら見送りに行った由である。家からも三造へ時たま十円位ずつ仕送られ、為替を郵送する際、私がこっそり横取りしたこともあったりした。

三造がいなくなると、おはちはあととり息子へ廻り、浜吉が助手みたいな恰好となった。

麓の湯本から、十個に近い長短のトンネルを抜け、中腹の強羅まで往復する登山電車が開業していた。魚屋連も荷もろ共湯本から大型のボギー車へ乗り換え、その儘腰掛けたなり、大平台、宮の下と登って行く。文明の利器に、夏場汗水たらしたらし、魚を担いで急坂にあえぐ労苦から解放されたものの、坂の途中にある掛け茶屋へ荷を下ろしてひと休みし、汗をふき、生菓子など頬張りながら、冗談口なんかとばしたりしていつでも十分か十五分息をつく快さ、又、一日の商売を終えての帰りがけ使用人共が五、六人落ち合い、空っ籠担ぐ足許も軽く、口を揃えて出入り先の旅館で働く女中達の品評を試みたり、磯節、島節、木曾節、佐渡おけさと、次ぎから次ぎへ合唱しながら、車が余計通らない崖っぷちをのんびりくだって行く面白味も、根こそぎ消滅してしまった。登山電車の開通を境とし、戦時の好景気も汐のひくようにひき始めた。

三造は肩章に星二つの一等兵で除隊し、私の家の名義を借りて市場から魚を仕入れ、中腹の大平台部落を軸に売り歩く、自前の行商人となった。当の部落は人家が百戸足らず、一軒の温泉旅館もなく、箱根細工の木地ひきが多かった。田は無論畑さえろくすっぽみえず、もの売りもあまり立ち寄らないごくひなびた山村で、娘達はたいがい旅館の女中奉公に出ていた。

資本を欠き才覚にも乏しい三造は、扱い慣れた鯛やえびの代り、一本五銭か十銭の鯵や鯖をあきなう惣菜売りにはげんだ。二年ばかり過ぎたところで、長年出入りしたことのあるS屋の女中と世帯をもち、漁師長屋のひと間に台所しかない借屋へはいり、手狭ながら、毎朝市場から買ってくる魚を売りに行く仕度は、なんとか間に合うようであった。

女房のおしんは、彼より二つとし下の、国府津在の農家の生れで、亭主同様色は白い方だが、四肢の詰るずんぐりした体つきで、円顔の造作も格別見ばえはしないが、三造に負けない位丈夫な働きものであった。二十一歳までS屋の女中をしていて、出入りする魚屋と一緒になった私の母が、彼女を気持のいい女だと褒めていた。母はとついだ翌年、私を生んでいるが、三造夫婦に久しく子供が出来ず、彼等は三歳になる女の子をどこからか貰ってき、大事に育てて行った。

昭和の年代へはいり、左翼的な文学熱にかぶれて家出した私の身代りとして弟が魚屋になり、毎日得意先のN屋、S屋へ出入りした。その彼が、徴兵検査に三造の轍を踏んで合格となり、甲府の歩兵四十九聯隊へ入営した。五十歳過ぎて、歯は上下共総入歯の、めっきり老け込んだ父は、弟のあと釜に三造がうってつけとみて所望すると、彼は主家の急場を救うべく早速承知の返答をしていた。大平台を主とした鰺、鯖の行商にいい芽が出ず、相変らずの棟割長屋ぐらしでもあった。

三造が弟の代理をやり出してからいくばくもなく、今度は書き入れの夏場を過ぎて、父が寝ついてしまった。三畳と六畳ふた間の家へ、二年ごし中気で腰の抜けた母が横になったり坐ったりしており、彼女のしもの世話や食事などの面倒をまめにみる小女もいたりした。自身の病気が永びくとみた父は、夫婦して六畳へ枕を並べていた日には、双方の体に不為と、小女をつけて母を遠縁の同業者宅へあずけた。入れ替りに、三造とおしん、十歳になっている貰い子の三人が家へはいってき、彼等は店の三畳へ寝床をのべた。

私も東京から呼び戻されていた。三十歳過ぎながら、年間二、三篇稿料の安い雑誌へ短篇小説を書き、匿名の埋草原稿を通信社へ売るだけでは人並みに妻子も養いかね、ずっと独り暮しを余儀なくされていた私は、通信社の知人へ事情をはなし、一時仕事を中止する諒解を得、風呂敷包だけ抱え帰省した。後家の伯母も父の看病にきて、さしずめ家の中に私の身の置所もない有様に、東京を喰い詰めても詰めなくても、毎年夏場のひと月間、ただめしを喰らい、避暑気分となったりして、そこへ寝泊りした物置小屋へ、本や原稿紙などもちこみ、二十匁ローソクの明かりで読み書きもする段取となった。

十一月下旬、かかりつけの医者が私を表へ連れ出し、家の軒下で、父の病気は胃癌に間違いないと耳打ちした。病名を本人はもとより、母にも伯母にも三造その他にも隠していたが、十二月にはいる間もなく、父の方から不治の病気をいい当て、私はだまってうつ向くしかなかった。

翌日、枕許へ坐らせ、家督や商売を弟にひき継がせる件、大店のN屋にはないがS屋へ残っている魚の売掛代金、板前に盆暮摑ませる袖の下の些細な金額、N屋は大晦日に支払いを皆済するが、その際家憲の如く、年間の総売り上げの三、四パーセントえげつなく天引するやり口、歿後生命保険で知人に借りた千円の返済をすること等、噛んで含めるようにいい渡し「家屋敷の他まとまったものはないが」と父は前置して「お前は長男だから――」遺産をどれ程ほしいのか、と言外に私の意向を打診した。かねて兄弟二人が分けるだけのものはないだろうと見当つけていた私は胸を張り気味、カマドの下の灰まで魚屋となる弟へやってくれ、ときっぱりした口を利いた。父は感動し、ねずみ色に煤けて骨と皮になった掌を合せて私をおがみ「今いったことを忘れるなよ」と念をおし「困った時お前は信（弟の名）の厄介になれ」ともいい「ちっとばかりのもので、みっともねえ兄弟喧嘩なんかするな」とたしなめにかかったりした。手まわしよく、ひと通りあとあとの相談が親子の間で成り立ち、その後父は、風の日など波の音が聞えてくる海の方へ病体をねじ向け、しきりに口のうちで何ごとか呟きつつ、瞑目合掌する仕種を繰り返していた。

押し詰った、大晦日に三日前の夜明け近く、痩せ衰えた両腕を傍に控える私の首筋へ巻き、総入歯を外してぺらぺらになった、血色のまるでない口許を私の耳へおしつけ、聞きとりにくい言葉遣いで、どこぞさすれと息切れしながら続けるうち、ふっと深い眠りへ落ちていった。

松の内過ぎ、弟も甲府からきて、父の野辺送りをすました。母が小女と一緒に家へ戻って伯母は立ち去り、三造一家が三畳へその儘寝起きしていた。商売の方は実直な彼の手で滞りなくはこんでおり、古い得意先二軒の支持もあるらしかった。父の在世中、三造に多少の金銭も融通してあるが、亡父の言葉どおり棒をひいた。思いがけなく、母、弟、私三人それぞれ別名義の、千円ずつあずけた銀行預金帳の一冊を、亡父にたのまれて保管していたおしんから渡されたが、弟へ回すつもりだといって、受取らなかった。

ひと聞きの、悪くなさそうな心掛けの私も、葬式の諸がかりを支払って手許へ残った香典や、短篇小説の稿料をふところにし、東京では呑みつけなかった酒を口にすべく、ローソクのあかりを消し、物置小屋から毎晩ぬけ出す癖をつけた。五十五歳で若死にする父親が、長男に抱いた希望を勝手に踏みにじったばかりでなく、手をひいて歩きたがった孫の顔というものもみせず、なにかと負担のかけっぱなしだったわが身が振り返られ、おでん屋のテーブルに向い、不覚の涙をしくしくこぼしたりもした。

下戸に近い口も馴れるにつれて酒量が上り、ついでに色気も出てきて、父の三十五日もかたづかない裡、近所の出戻りがそこの女中頭している、小田原で構えの一番大きい料理屋へ上り込む仕儀となって行った。五円も出せば銚子が二本つき、芸者が一時間よべるきまりであった。

二月も月末近く、殆んど毎晩のように茶屋酒に親しみ、ふところがそろそろ心細くなりかけたある晩、手あぶりもない物置小屋の入口をあけ、母にいいつけられたのであろう、三造がおしんと口喧嘩して家を跳び出した、と小女が告げにきた。ほうって置けず、母家の横から、海岸通りをまっすぐ箱根山の方を向いて歩いて行った。山颪がまともに吹きつけて寒かった。

日頃、三造がつき合っている、呑み仲間を知人にきいて、彼の行先を探すつもりでも、家へ連れ戻せなければ、早速明日の商売にさしつかえる訳である。霜枯れ時にしろ、N屋、S屋のどちらからも魚の註文が全くない日は稀であった。三造の代役が出来そうな者は、さし当り私しかいないが、魚屋の棒を折ってかれこれ十数年、朝市場で符牒をつかい、ほしい魚を同業者とセッてセリ落す真似も心許ない。

うまいこと、通りの向うからぶらぶらやってくる大男の姿をみつけ、大きな構えの料理屋へひっぱって行った。

黒柿の床柱など光る座敷で、卓を挾んで差し向いに胡坐をかき、私はそば色の銚子をとり、せっかちに酌していた。日に焼けても、私のように黒くならない相好を崩し、瞼の厚い切れ長の眼を細め、三造もたて続けに盃を上げた。

「信が除隊するまであともう少しだ。骨も折れるだろうが頑張っておくれ」

「うん。大丈夫だよ。心配しなくってもいいんだ」

亡父への恩返し旁《かたがた》、弟の代理役をしているのだ、と三造はつけ足しもした。

そこへ頭髪をひっ詰風の洋髪にした、細面の眼もとが涼しい、痩せ型のとし若な女が現われ、三造は一入ご機嫌である。私が数回よんでいる妓は、都々逸の三味線ひとつひけない類いの芸者で、最初小あたりにそうなるように註文すると「人間的な関係を願いたい」などと商売柄になく気障っぽい口をきき、彼女は私を軽くいなした。熱を上げていた、とり澄して鼻筋の高い、旦那もちで芸達者な妓が、段だん私を嫌いだして寄りつかず、その代りみたい、枕芸者と鼻を突き合せる成行きとなり、十二歳から半玉として座敷まわりを始めたてなし子は、啄木ファンらしく、まずいが実感のこもる短歌を作っていたりした。

妓が三本目の銚子をとりに立去ると

「文学芸者だろう」

大分顔が染まった三造は、却なか眼はしの利くところをみせ、私を一寸面喰わせた。

家へ連れ戻して、商売の間を欠かさず、それから十日程過ぎた晩方、表からセメントでかためた、生臭い匂いのする流しへはいり、駒下駄をぬいで、店の三畳へ上ると、三造が卓袱台を前に大胡坐で、晩酌の最中であった。女房のおしんも、眼のくりくりした小女も、みるからに栄養失調然と痩せて顔色もよくない貰い子の女の子も、みな彼を敬遠するかして、横とじの帳面や電話機が、ぶら下がったりとりつけたりしてあるハメ板近くへ集まり、申し合せたみたい横っ尻となっていた。

敷居を境にした奥の六畳では、半身不随の母がいつもの如く寝床に起き上り、掛布団の下へ両脚をまっすぐ伸しており、坊主刈りにした半白毛頭を三畳へ向け、三造の酔態如何にと心配そうであった。

物置小屋に居て食事時だけ現われる私は、勝手悪しと暫く突っ立っていた。小心な律義者は、ふだん口の重い割に、酔うと人間が変って多弁となり、険のあるからみ口調ともなり易い。

「今でもN屋にゃ、女中が二十人からいるが、俺が見てこれっていう玉は、一人しきゃいねえなあ」

徴兵検査前、「新地」の女郎に入れ揚げさせたためしもある三造は、女をみる眼がこえているのだ、といわんばかりなしたり顔である。

「信ちゃんのこれ（といって小指を立て）なんか、ちょっとした女だが、おとなしいだけで、別に取柄なんかありゃしねえ」

「信の女がN屋にいるのかね」

と、母が三造へ遠見の利く老眼を据え加減にした。

「うん。いる。きよといってね、はたちだそうだが、仲間に信ちゃんが兵隊から帰ったら夫婦になるんだって、いいふらすらしいなあ」

私も三造のわきへ腰を下ろしていた。

「信からその女へ手紙がくるのか」

たしかめてみると
「よくくるらしいよ。――信ちゃんの手紙は、N屋の女中の手から手へ回って、本人にゃ三日位たたなきゃ渡らねえそうだ。N屋じゃ大変な評判らしい。きよも洗い方の源さんに封筒のうわ書を書いて貰い、男名前で出すそうだよ」

「お父っつぁんも、よく信には大分申し込みがあるといってたけど、そのひと気働きはありそうかね」

追っつけ家の嫁にくるかも知れない女が、母には大分気がかりな様子である。

「気働きも何も――。どだい、自分から信ちゃんと夫婦になるとかなんとか、触れてるような女だ。――わかってるじゃねえか」

「そりゃ嬉しくって、つい口が滑るんだな。罪のない話だよ」

私は、弟と相愛な仲である女中の肩をもつ口振りとなる。

「いいや、おばさん。あんな女なんか駄目だよ。うちの為になるような、しっかりもんじゃねえ。早い話がおばさんの糞小便の始末だって出来るもんか」

と、三造は、気に喰わないものでもたたき割るようなもの謂である。

くすんだ手柄の丸髷に結いたてのおしんが、その場の空気を気にし
「あんた、あんまり出過ぎ口を利くもんじゃないよ。自分の娘をそんなふうにいわれたら、親の身になればどんなに辛いか。ちっとはあと先のことを考えていうもんだよ」

と、きつく亭主をたしなめにかかった。手応えあって、恐妻家らしく三造はだまってしまい、分厚な大きい唇を猪口へつけていた。

「女中してる時はそうだって、お嫁にくればその気になるわ。――その気にねえ」

と、重病人の世話から、小僧代りまでしてよく立ち働き、近所の評判もいい、肩揚げがとれて間もない小女までませた口を挟んだ。

肩章の星三つで、弟が四月の月はな甲府から除隊してきた。入れ替りに、大過なく役目を果した私は東京へ引揚げ、湯島天神の大鳥居に近い、半年余留守にした大工の二階へ又神輿を据え、一膳めし屋の縄のれんもこぐったりした。従前通り、こまぎれもどき文芸時評の匿名原稿を書き出し、たまに文芸誌から依頼される短篇小説等も拵えて、河向うの私娼窟あたり徘徊する癖は骨がらみとなり勾配、自儘なぐうたらなその日暮しであった。

近在の農家の次女きよと、結婚式を上げる直前、弟は父の遺した三冊の預金帳から引き出した金で、魚市場に近い海岸通りの、中古品めいた二階屋を地所ぐるみ買いとり、母や小女共どもひき移った。大震災後、亡父の建てた、天井や壁の上塗りもしてある前の家は、十円の家賃をとってカマボコ職人へ貸し、私がいってすすめても、弟は自分名義に書替えるのに二の脚を踏む模様であった。

きよが嫁入りすると、彼女を悪くいった手前など忘れた顔つきして、三造は弟と毎朝市場へ行ったり、書き入れの日は登山電車に乗り、得意先の旅館へも出入りした。三年近く代理をし、商売の手違いもみせなかった彼を恩に着、信次は給料を下げて貰ったが、解雇することなく、三造も大平台あたり不毛に近い惣菜売りへ出直す算段が出来なかったらしい。彼は女房子を連れてもとの漁師長屋へ戻り、おしんが内職の編物など始めていた。

支那事変が突発すると、歩兵上等兵の弟は召集されて出征し、上海付近で迫撃砲弾の破片を胸に受け内地に送還後、東京の陸軍病院へ二ヶ月余いてから、小田原へ帰った。

三造が留守をあずかって、きよの生んだ男の子も三歳になり、母には小女が相変らずついていた。

弟のあとを追うように、私も永住するつもりで東京を引揚げ、物置小屋へはいった。通信社の匿名原稿は毎月書く約束で、外食の腹塞げにこと欠く心配はなかったし、あまり見ばえのしない小説も年間二、三篇の註文は見込めそうであった。身につけるものの洗濯まで、目と鼻の間にある、防波堤際の共同便所の手洗い水を利用し、なんとか始末する寸法ともなって行った。

第一次世界大戦の好景気が過ぎ去ってざっと三十年振り、国内の軍需景気が上昇し、箱根温泉も活気づいた。弟の商売はN屋、S屋の他、二軒の出入り先を加えたりして、三造と大小二人の使用人をかかえる発展をみせた。それでも人手が足りず、私が狩り出される日もあり、魚を担いで山の麓の旅館へ行き、勝手の出入口へ垂れ下る縄のれんをくぐり、料理場の片隅で魚の腹わたを出したり、車えびの頭を千切ったりした。昔とったキネヅカは、出刃包丁の使い方に大して狂いもみせなかった。

信次は兄を使った場合、日当みたい一円だけ、女房にかくれて呉れた。当人はふくらんだ収入に増長し加減、商売の間は欠かさない迄も、茶屋酒に親しみ、夜遊びを募らせた。たまには朝帰りのこともあり、夫婦の折合いが面白くなくなって行った。亭主へ面当半分、小女が家を出てからきよの係になっていた、母のおむつの世話始め、彼女は渋る素振をみせた。三日に一回位、自分宛の郵便物をたしかめに弟の家へよる私は、きよの仕方が眼に余り、鼻もちならぬ臭気を我慢しながら、よごれものを仰向けに寝かせた病人の尻からひっぱり出し、店先の水道口へもって行って洗い、それを二階のもの干竿にとおしたりして、小女が数年間手がけた役割の一端を毎日、買って出ていた。そんな立ち廻りを、二度目の子が腹にきているきよはみてみぬ振りし、小さなブリキ製の帳面箱や天秤棒などかかえて、山から帰った弟が目撃すれば、彼は毎度商売道具を店先へほうり出し、どこかへ行ってしまうのであった。

軍需景気が下火に向い、使用人も又三造一人きりとなった。弟は茶屋遊びと縁がきれ、花札を弄んで賭事にこる傾向となり、三造が商売先の思惑を憚かり、いろいろ意見してみるが根っからききいれない。もう一歩で縄目の恥もかきかねぬところへきて、彼に二度目の赤紙が見舞い、甲府の兵営から行先不明の身柄に変った。

翌年八月、周りへ孫一人いない真っ昼間、身動きの覚束ない母は痰の塊りを咽喉に詰まらせ、悶え死していた。ささやかな葬式をすませた翌年の九月、私の許へも徴用令がき、弟同様あぶない瀬戸際を助かった。紙の統制によって、地方新聞の紙面が縮小され、その皺寄せに、通信社から送る私の埋草原稿は出場を失っていた。が、軍需工場あたりで働く気にもならず、少しばかり短篇や雑文の稿料がはいる他、無収入同然の身の上となったところで、質草も底をつけば、行きつけのパン屋のケースからちょいちょい売りものを掠めてきたり、小田原駅の売店から弁当をかっぱらったり、きよの眼を盗んで台所のつまみ喰い、母の口からゆるんだ前歯の金冠を毟り取りにかかったり等、さんざん非行を重ねたが、ブタ箱へほうり込まれる眼にあうこともなく、どうにか生きていたのであった。

徴用を一種の失業救済と見做し、十貫目以下に痩せこけた体を抱え、内心いそいそと横須賀へ出かけた私は、母と死別して肩の荷も軽かった。海軍運輸部の工員という肩書の担ぎ人足に仕立てられ、年が変った二月上旬、小笠原・父島へ仲間五十余名共どもひっぱられて行った。島は内地より食料が豊富で、しょっちゅう爆撃されていたが、終にアメリカ軍の上陸をみることなく、陸海軍その他一同玉砕をまぬがれ、私は年末近く浦賀港へ帰還した。

小田原は、終戦の前日、焼夷弾が一発料理屋などかたまる盛り場へ投下されたのみで、物置小屋もその儘残っており、一年と少し不在した間、夜な夜な空腹をかかえる男の血を吸いにきた南京虫が、きれいにいなくなっていた。が、この先どうして生活したものやら、さっぱりメドが立たない。久里浜の旧海軍事務所から、半年位喰いつなげる金を渡され、白米や乾パンなど食料も父島から背負ってきているとはいえ、銀座裏の大きな通信社は移転先さえわからず、ろくすっぽバラックも建っていない、埃っぽい廃墟と化した東京の心臓部を歩きながらいよいよ身の振り方に窮した。出版インフレとなり、文芸畑の雑誌も続出し、私の手許へも小説執筆の依頼がくるようになって、この分ならと意を強くするまで、相当時間がかかった。

弟の生死はずっとわからず、三造が休業すれすれの商売にあたっていた。セメントで固める店の流しへはいると、隅にある水道口の前へしゃがみ、きよがなにか洗濯中であった。細面の顔が余計やつれ、もともと痩型だった上背のある体の肩が落ち、よごれの目につく上っ張りをひっかけていた。

うすい草色した、水兵の着る作業服に同じ色気のズボン、杉の駒下駄を突っかけた私の足音にびっくりし、きよはひと重瞼の大きな眼をみはった。

「信はまだかね」

と、私は彼女の顔をみる度出るきまり文句を口にした。

「ええ」

と、きよは口ごもり、すぐ涙ぐんだ。

終戦の翌年、三月にはいっても、一向復員してくる気配もない亭主を待ちくたびれる彼女は、朝方前の通りから聞える靴音に、信次が帰ったのでは、とその都度寝床から跳び起る癖をつけていた。

涙がうつ向けた頬を絶えずつたわって、きよは放心したように拭うでもない。体内の水分が残らず流れ出してしまいそうであった。

「俺でなく信が帰ってくれればよかったんだ」

私もそんなにいって慰めるしかない。

彼女は上っ張りでようやく涙をふき始めた。長男、長女は小学校へ行っていて、長年月臭い母の万年床がのべてあった、古簞笥などみえる日射しのはいらない六畳のとば口へ、弟の留守中生れた幼児が寝かされていた。

「信はきっと帰ってくる——」

「帰ってくるかねえ」

「間違いなく帰る。——俺はそう信じている」

弟の復員を待ちかねる私も、気休めとなりかねない口数を多くし、彼女の気持を引立てにかかった。

そこへ、表からのっそり三造がはいってきた。山へ魚を運ぶ大きなブリキ製の空箱を、平紐で肩へぶら下げ、めくら縞の股引に地下足袋ばきで、幾度も洗濯して白茶けたN屋の印絆纏をひっかけ、五十歳へ手の届く彼のイガ栗頭に、太い白毛もちらつき出していた。

箱根にさっぱり客脚はないが、三軒の温泉旅館の家族や女中連の口へ入れる惣菜用の魚、近くに並ぶ商家等へ同じものを売りに、登山電車にのって、三造は細い稼ぎにもぬかりなかった。

子供時分、よく棒切れなんかふりまわし、芝居ごっこして遊んだ思い出もある彼と並んで、私は上りはなへ腰を下ろした。弟の帰りを待つ言葉のやりとりが二人の間で弾んだ。

段だん話が、喰うことに不自由しがちな私の愚痴に変って行った。その場でも口へはいるヤミの食物を探しに血眼となるのも、銀めしを喰わせる店の前へ順番を待って並ぶのも、毎日の繰り返しではいい加減うんざりするしかなかった。が、僅かながらも原稿料がはいり、母の死亡する前後のような、コソ泥じみた真似はしなくなった。

「第一物置じゃ、ものを煮焚きする場所もないしね」

などと、くどくこぼす相手の口裏をかんぐり

「長さんはここのうちで喰わして貰う腹か」

と、三造はずばり私の図星を衝いてみせた。内心もみ手まじり

「喰った分はちゃんと払うつもりなんだよ」

「駄目だっ」

三造は大声を出し、私を一喝した。

二人の方へ近寄り、きよは薄い胸のあたりに腕をしっかり組み合せ、なんか身構える姿勢と

なっていた。

「信ちゃんはいつ帰ってくるかわかんないし、子供は三人だし、それでなくったってきよさんひとりで大変だ。長さんの面倒までみられるもんか」

と、三造は得意先の旅館あたりではめったにみせない、頑固一徹な持ち前が丸出しになった。敢えてころがり込もうとしても、彼の眼の黒いうちは、私を野良犬然と追っ払いかねないふくれっ面である。好個の助勢と気をよくしてか、きよは腕組みした儘、一歩三造の方へ歩み寄った。

彼女は再三、小学四年生の長男と一緒に、山向うの三島在や富士の裾野方面へ、青物や米、麦の買い出しに出かけていた。ある時など、走る満員列車の乗降口から、もう少しで長男が落ちそうな眼にもあった。一つ東京よりの鴨宮駅に近い、農を業とする両親も揃った実家へ行き、空腹をかかえて帰る場合もあったりした。

小田原城址の吉野桜がほころびかける頃、信次が南支から、マラリヤを土産に復員した。家で静養する裡、熱病はひと月余で全治してしまい、米持参の客も山へぽつぽつみえるはこびとなっていた。世間の食糧事情から私に同情し、弟は自宅の食卓へ一緒に坐らせるといい出したが、きよが承知しなかった。

翌年の正月早々、戦後出回ったカストリ等のよくない酒の祟りで、三造は寝込んでしまった。頑健な彼とすれば病気らしい病気した初めてのためしである。代理みたい、女房のおしんが弟の家へよく出入りし、家事や商売を手伝った。貰い子の方は小田原駅前の洋裁店へ住み込み、内弟子になっていた。

ふた昔前、一度三造と上ったことのある、土地でも大きかった料理屋が焼夷弾にやられ、まだ空地の儘になっているあたりの電車通りへかかり、病院から両脚をひきずり気味にやってくる、のっぽうの三造と出逢った。頭髪にめっきり白毛がふえ、日焼けのなくなった長い顔がうすい鼠色に心持ちむくみ加減、酒呑みらしくすわっていた眼頭にも張りがなくなった。

二言、三言、型通りの病気見舞いをいい、彼もあまりものをいわず、二人は別れていた。約二ヶ月後、三造は亡父と同じ病気であっけなく死亡した。物置小屋から、その住居まで歩いて十分とかからない。旧東海道の大通りを、北側へ少しひっこんだ露地裏の、トタン屋根の黒ペンキもはげた、一戸建の平家であった。

低い軒先へ、弟名義の安っぽい造花の花輪が一個、弔問にゆく私の眼へとまった。


〔「ある生涯」昭和五十五年「海」二月号初出〕

ある男

昭和二十四年、初夏の正午前でした。

電車通りをぶらぶら歩いてき、小田原では一番大きい総二階の食堂『やっこ』の近くへかかると、短かい柿色ののれんを下げた出入口から、思いがけなく小川がひょっくり現われるので
「おーい。暫くだなあ——」

と、言葉をかけます。小川も下駄ばきの私の姿に気がつき、一寸虚をつかれた顔つきです。

「とうとう、旗を巻いて帰ってきたよ」

自嘲も含んだ、吐き捨るような私のもの謂に
「五十になって東京から引揚げたって当り前じゃないか。俺なんかより、十二、三年遅いよ」

と、彼も同郷人らしい調子の合せ方してみせます。

私は小田原の目抜き通りに、三間ま口の店を出す簞笥屋の次男に生れ、小川は海岸通りにある魚屋の長男でした。

二人は、小学校六年までずっと同級ですが、私が中学校へ上がり、彼が小学校の高等科に進みましたので、別れわかれとなりました。

関東大地震も過ぎ、世が大正から昭和と変って間もなく、東京の西北、W大学裏のみすぼらしい下宿屋で、小川と私は又一緒になります。二人共、二十代の後半という年恰好で、当時彼は、下宿代を滞らせながら小説を書いて、出来上ると雑誌社へもち込み、年間三、四篇の短篇が文芸雑誌や半営業雑誌へ出る模様の、ひどい貧乏している癖に鼻息だけは相当のようでした。

私のところは、W大学の商科を卒業し、都下の某銀行に通勤していました。結構アルコール分《ぶん》のいける口で、下宿に近いカフェあたりへもちょいちょいひっかかり、酒臭い顔をしながら、小川の部屋へはいり込み、寝ている彼の蒲団をひっぱぐような真似もしてのけます。ですが「おめえは支払能力がねえから――」と称し、一杯十銭のコーヒーさえ満足にのめない彼など、滅多にのみ屋あたりへさそおうとはしません。

在学中から始めた、株の売買が病みつきとなり、銀行へ往復する傍、日本橋・カブト町へへんへもよく脚を運んでいて、日曜日に下宿の六畳にこもりがち、小さなニス塗の机の上のソロバンを、ぱちぱちはじいたりしていました。

若気の至りとはいえ、どんなきっかけで喧嘩になったのか、今となってはさっぱり訳がわかりませんが、ある朝、洗面所の前で、小川と殴り合いを始めていました。私が先に手出ししたのです。彼も血相かえて、少し上背のある私へとびついてき「殺すぞッ」と凄《すご》文句をわめきつつ、必死にゲン骨を私の顔へ集中するので、こっちは忽ちうしろへのけぞり気味になります。ガラガラ大きな音をたて、棚から洗面器がいくつも落ちたようでした。

仲裁人がはいり、二人は離れましたが、私の唇から少しばかり血がたれてい、小川の髪をのばしたオール・バックの頭にも、コブが一つ二つ出来たようです。

小学校時代のクラスメートは、その後申し合せた如く、廊下でぶつかっても口を利かなくなり、やがて下宿に一文の借りもない私の方が負けた形で、かれこれ七、八年長居をしたW大学裏から、勤先に近い、小石川・表町の大工の二階へ、移って行きました。

数年過ぎて、新宿駅に近い往来で、私は小川と出合い頭になります。土気色の鳥打帽をかぶり、日に焼けて色変りした二重まわしをひっかける彼は、旧態依然として、みるからにむさ苦しい恰好です。

プロレタリア文学がジャーナリズムへ華ばなしく君臨していたつい先達までは、小川のものす『私小説』も一向文芸雑誌等へ載らない模様でしたが、この頃の反動時代に、従前の大家・小家達の作品がにぎやかに誌面へ並ぶはこびとなりながら、彼の書くものはろくすっぽ日の目をみないようです。久し振りW大学関係の薄ッぺらな雑誌で、短い小川の小説をみつけ、奴さん相変らずやっていることはやっているんだな、と文学に憑かれてめげない根気のよさに、なにやらほだされる勝手でしたが、中学校さえ卒業していない学歴の持ち主が、インテリ労働者の別なく、あぶれ者のあふれる東京で、どうして喰っていることか、私等には見当もつきかねました。

それが新宿駅前ではからずもめぐりあい、私も柄になく感傷的な気持に先立たれ、色の褪めた鳥打帽を蓬髪にのせる小川を、大きなレストランへさそいます。鼻の尖る平たい顔に、金縁の伊達眼鏡をかけ、でっぷり下腹の出張りかけた体へ、うすい卵色の春のコートをまとい、小型の黒い皮鞄を下げる私のいでたちは、銀行員に違いないとしても、連れとはさしずめうら腹な境遇の人物にみえたことでしょう。

先ずビールを註文し、カツレツもとります。小川も既往は水に流した人なつこい顔して、のんだり喰ったり喋ったりしました。小説だけでは迚《とて》も駄目なので、銀座裏にある有力な通信社へ、埋草同様の原稿を買って貰って、毎月カツカツひとり口を塞いでいるともありていに述べています。

私は世帯をもって、半年とたっていないのでした。小田原から北へ二里ばかりよった農村で、養豚所も経営する家の次女と、型通りの見合結婚です。独身者へ新家庭をみせつけてやるいたずら気も手伝い、彼に同行をすすめますと、ひまな時間だけはいくらでも持ち合せる人間らしく、言下に同意していましたが、少し間を置いて金の無心でした。甘く出ればすぐ図にのる、と内心舌打ちしますが、私のひと晩の呑みしろ位な金はうちへ行ってから渡すと、渋しぶ承諾してみせました。

渋谷駅から私鉄の電車に乗り替え、三つ目の停車場で降り、舗装してある通りから、トラックの轍《わだち》が二本のこる細い通りへ曲り、同じような新築の平家建が三軒くっついているまん中の家へはいります。三軒とも昨年私がたてたものでした。

あたまを束髪にゆい、二十三歳にしてはくすんだふだん着に、のりの利いた割烹着を痩せ型の体につける家内が、白粉ののりのよくない丸顔を玄関にみせます。

私は八反の丹前に着換え、八畳の座敷の床の間を背負って坐ると、改めて家内を小川に紹介しました。座布団から滑りおりた相手を、まともにみられない彼女は、上体を折って初ういしい三つ指のつき方します。

日本酒を命じ、ついでに牛鍋の支度もいいつけました。

まがい紫檀のテーブルを挟んで差向いに胡坐をかき、互いに煙草をすい出すや、私は一間幅の床の間へ飾ってある『鏡花全集』の自慢になります。近頃神田の古本屋でみつけた、新品とまごう位、背の金箔文字もあざやかな本でした。左利きですが、金のかかる女道楽へ食指の動かない私には、変った活字好きの一面あり、硬・軟の小説類のみならず、哲学、歴史、科学、社会学の本など結構乱読しており、旁歌舞伎見物、映画館入りもマメな方でした。

火鉢にかけた鍋のものが煮え、家内は一度小川へ酌をすると、あとは座敷と台所を往復していいます。

新妻と新居に納まる、満悦振りも手放しにしてから、小川がW大学関係の雑誌へ出していた短篇にふれて行きました。あまり人眼につかないところへ書いたものを読んだのか、と彼は私の物好きにびっくりしたらしい。作品のあらすじは、小川の身代りに魚屋を嗣いだ弟が甲府の歩兵四十九聯隊へ入営中、胃癌で父親が倒れ、母親も腰ぬけの中風やみだったりして、東京から呼び戻されていた小川が、喪主ということで父親の葬式も出し、香典として集まった金から諸がかりを支払って、あまった分は着服し、三十五日も済まない裡に、小川は待合へ脚を向けます。のみつけない酒をのみ始め、座敷へよび続けた年増芸者の口から、狭い土地のことでもあり、亡父までひき合いにして彼の茶屋遊びを意見する文句がとび出す始末に、不見転芸者だが、眼もとが殊のほか涼しい、啄木ファンで当人もまずい短歌をつくる二十歳の、てなし子として生れた女と、彼は親しくするようになります。折から上等兵の肩章つけた弟が甲府から戻ってきて、小川はざっと半年振り、本郷・菊坂へんの下宿屋へ引揚げて行き、銀座裏の通信社へも従前通り脚を運んで、その年押し詰った大晦日の晩、小田原の盛り場で帰省した小川と啄木ファンの芸者が出合い頭となり、彼のさそうまま、女も安カフェへついて行き、二人して南京豆かなんかつまんで年越し酒をのむという、毒にも薬にもならない場面で終る、彼のひとつ覚えの『私小説』ですが、薄い雑誌で読んだ時やきもち半分、なんかひっかかるものを覚えた私は、相手をみくびると、酔いに紛れてそうなりがちな毒舌を弄し「おめえみてえな貧乏神が芸者とつき合うなんか僭上《せんじょう》の沙汰だ。身の程知らずも大概にしろ」とばかり小川を罵る如く余計なおせっかいでした。彼も心外と聞いて顔色をかえますが、更に私はおっかぶせるように「あんなものほしそうな小説をいい気になって書いてるから、おめえはいつまでもうだつが上らねえんだ」と、ずけずけいってやります。彼はさも忌いましげに顰ッ面歪めますが、金を借りる下心があれば口へ猿ぐつわもはまる訳でしたろう。

そのへんの泣きどころをとくと読んで、私は益ますつけ上り、彼にいやがらせの礫《つぶて》投げつけますが、座を蹴って立ち上る気振りもなく、やがてききとりにくい、もの乞いじみた言葉づかいとなり、無心の件をいい出します。そんな卑劣きわまる小川に、かえって私の残忍性は油をそそがれ、「酒はいくらでも呑んでゆけ。だが金は貸さねえ」と、レストランでの約束を無視しています。

小川もついにいたたまれず、よろよろ立って、日にやけた二重まわしをひっかけ、廊下へ出ますが、ひかれ者の捨台詞一つ吐く元気もないようです。

私と一緒に、玄関先まで見送りにきた家内は、上り板に固く膝を揃えて坐り、焼き杉のチビた下駄を突ッかけ逃げるように挨拶もなく行ってしまった小川を、始めから正視しかねる様子でした。

外はとっぷり暗くなっていました。


それから十余年、二人は逢わずじまいです。

その間、世は日華事変から太平洋戦争、敗戦と目まぐるしく移り変ります。終戦まで私は、都下の銀行へつとめながら、カブト町も徘徊し、子なしの石女でしたが、家内の方にもどうということなく、渋谷の住居や家作も最後まで戦火をまぬがれていました。

小田原の実家では、箪笥屋していたひとりきりの兄が、女房と死別した翌年、脳出血でぽっくり亡くなりましたが、兄ののこした借金の為、家屋が五十坪の地所ぐるみ、銀行へ抵当としてとり揚げられる雲行きに、私は株券その他を現金にかえて債権者側へ支払い、兄名義のものを私の名義に改めたりして、目ぬき通りの古い店が、どうにか助かりました。

亡兄の一人息子は、その時分国民学校の六年生で、遠縁に当る老婆と、腰の曲りかけた通いの職人一人きりの、店先も家の中もがらん洞然たる有様ですが、時どき私は甥の後見人よろしく、東京から箪笥屋をみに行きました。きびしい食糧難に、小田原の市場へ上るとれたての魚を買って帰る用件もかねていました。

小川は海岸の町へ舞い戻り、ひとに貸した親ゆずりの家の裏にある、トタン屋根の物置小屋へ根をおろしている由でした。たまに私の目にはいる彼の作品や、土地の者の噂話などで、その消息を知りましたが、人間の住家とも思えない彼の居所をのぞいてみる気もせず、行きずりにおもてで顔が合う場合もさっぱりありませんでした。

終戦の年の暮近く、北支の方から無事帰還した一人息子は、亡父の跡目を相続し、彼で三代続く箪笥屋となります。

そのはなむけに、子なしの私は万一の時も考慮し自分名義になっていた家屋敷を、甥のそれに書き換えてやりました。

食堂『やっこ』の前から、電車通りを横切り、城址の濠端へ抜ける、両側の生垣の新芽も色

あざやかな細い通りを、小川と並んでぶらぶら行く路すがら
「今甥のところにいるんだが、女房に二年前死なれるし、俺の体はどの医者も口を揃えて、あと一年しか保証出来ないとおどかすし、泣きっ面に蜂もいいとこなんだ」

と、私は灰汁《あく》抜けした気の弱い男みたい、見栄も外聞もなくこぼしています。

きいて彼も、黒い鼻緒をすげた桐の駒下駄はく、静脈が不気味に浮き出して、いやな鉛色になっている私の足許まで、確かめるようです。

「うーむ。随分痩せたなあ。——妻君にも死なれたのかね」

「戦争中、無理した疲れが一遍に出たんだね。どさくさ紛れで手当も行届かなかったし。——形ばかりの葬式をすませると、今度は俺がガックリ参ってね。世間によくある例だが、死なれてみて始めて女房の有難味がわかったという奴さ。——日が暮れると呑まずにいられなくなるんだ。一升近くひっかけないと気持がしゃんとしてこない。酒というものは一定の量をこすと、いくら酒のみでも興奮して眠れなくなるんだな。寝たかと思っても気が立っているからすぐ眼が覚めてしまう。睡眠が十分でなきゃ明日の仕事にさしつかえるという訳で、アドルムをのむ。段だん十錠が十五、六錠とふえて行くばかりさ。薬の力で眠ることは眠るが、朝になっても眠気がとれず、そうかといって起きなきゃ仕事に穴があくから、歯ぎしりしても床を出るんだな。だが、起きても頭がはっきりしないから、眠気を追ッ払う為、ヒロポンの注射をうつ。五、六

本が十本というふうにふえていくね。注射の効能がきれる時分になると、又副作用で呑まずにはいられなくなるんだね。メチールでも、生《き》のアルコールみたいなものでも、素性の知れない奴でも、行きあたりばったり、なんでもひっかける。そんな毎日を繰り返してヒロポン中毒になり、肝臓をすっかりやられてしまったね。医者は心臓も大分犯されているというんだよ。まだ手脚にむくみはきていないが、どの病院へ行ってもあと一年とかなんとか、おどし文句ばっかり並べやがって——」

「そんなになっているのかね」

「今朝だってもう五本甥にヒロポンをうたせたよ」

「食欲はどうなんだ?」

「一日のうち、トースト・パンひときれに、おかずをなんか喰うだけだね。今日も生卵ひとつのんでるきりだ。こう食欲がなけりゃあぶないと思って、病院で強壮剤の注射をしているがね。

——小田原は空気はよし、静かだし、体にうってつけのところだと乗り気でやってきたけど、ろくすっぽ利目もありゃしない。それもこれも、子なしのヤモメとなった心細さが、てきめんこたえているんだね」

「君は妾をもったことはないのか」

「戦争中一度あったよ。高田馬場へんに小さな借家をあてがってね。だが、あんなものはブルジョアのもつもんだな。妾のところへ自家用車で乗りつけるんじゃなく、てくてく真夏でも歩いて行くようでは、大して面白いことないよ。女は厚木在の者で、のみ屋にいたが、口ぎたなくあくたいついてもろくに口返答ひとつしないおとなしい気質だったが、日がたつと手応えがないみたいなのがもの足りなくなってね。やっぱり時どきてこずらせる、勝気な女の方が面白いようだな。一年と続かなかったね。俺の脚が間遠くなると、向うも無断で姿をくらましてしまったね」

「妾がつまらなきゃ、もう一遍女房をもつ気になれないか」

と、小川は、多年独身を余儀なくしている自身のことは棚に上げたいい草です。敗戦国が文化国家という看板をかかげて、出版インフレともなり、新雑誌が雨後の竹の子の如く現われたおかげをこうむり、小川もこのところ『私小説』一本槍で、どうやらひとり口が干上らない模様でした。

「お互様まだ五十になったばかりだし——」

「おめえ、顧みて他をいってるのか。——俺は女は大体諦めたよ」

「そうしたもんかな。俺なんか、永年の馴れで独身だこも相当かたまった筈だから、なんとか痩我慢張っていられるがね」

「実は女房の一周忌がすむ早そう、世話する者があって、貰っているんだよ。映画女優○○の姪で、少しは名の出た歌人だがね。うちで歌会なんかあると、俺も珍しがってよく顔を出し、知ったか振りの文芸談なんかやらかしたりしたもんさ。だが、女でも男でも、短歌をやる連中ときたら、たいがい肺病やみで顔色の蒼白い、いやに神経が細くって表面とりすました、凡そつき合いにくいやからだね。野人とは油に水だったな。今から思えば、俺の方にだけ色気があったようなもんだがね。少しまとまった金を女の名義であずけさせたんだ。するとその翌よく日、あなたとはソリがあいそうもないから別れようといい出すのさ。あまりえげつない女の口上に、あいた口が塞がらず、そんな者を引止めるのも業ッ腹だったし、預金帳はだまってくれてやり、それきりになってしまったがね。なんのことはねえ、三ヶ月パンパンを買っていたようなもんさ。ヒッヒ、ヒ、ヒ——」

「再婚に二の足を踏む道理だね」

「そうだよ。なまなか、ちっとばかり小金をもってると、行きどころのない女は寄ってくるね。みえすいた金が目当なそんな手合いを相手に苦労するより、おめえの真似して、気が向いた時淫売でも買いに行ったりしている方が、よっぽどましだよな——だが、体がこんなになっちまったら、きいたふうな世迷いごといってみても始らねえよ」

小川も挨拶の言葉に詰るようです。

濠端へ出て、人通りも車の通行もごく稀な大通りの、色づく若芽・青葉の桜並木づたい、海岸の方を向いて、二人共ゆっくり歩いて行きます。

濠の濁った水面へ、城址の石垣の頭につらなる満開のつつじが、紅、白紫さまざまな花影を落していいます。五月ばれの上天気にあたりは目も覚めるばかりなすがすがしさですが、私は失禁症の老人もどきに、やたら愚痴ッぽい繰り言が出て、止めどもありません。

「小田原へやってきながら、どうしてもアドルムやヒロポンと縁が切れない」

「あの中毒は、頭脳《あたま》もやられて、廃人になってしまうそうだね」

「そうなんだ。なにしろ劇薬だから中毒が恐ろしいよ」

「君はまだ大丈夫さ。はっきりした口をきいてるし」

「口ばっかり達者でね。ハハハハ。それも十何年振りかで君と出喰わしたんで、こんな調子で喋るんだよ。甥の家へいる時なんか、唖のように滅多にものもいやしない。うまいものが出来ましたと、甥の女房がよんでくれても、容易に返事もしないんだな」

「でもまあ、君はいいさ。今日まで冷めしを喰ってやってきた俺なんかとは訳がちがうよ。結構したいことをしてきたろうし――」

「まあね。銀行も止める前は本店の課長だったし、止めてからも――」

と、いって、戦後蓄音器販売会社の準幹部を振り出しに、ていのよい闇屋の仲間へはいり、物資をころがしたりして、悪どい金儲けもやめられず、比較的金銭と縁のあった過去に、平た

い顔をながくしないでもありませんが
「今度引き揚げる時、借家人のいる家作はそのままにしてきたが、金になるものはあらまし売りとばしたね。女房のものまでね」

「贅沢いわなきゃ、これから先何年生きていようが、ちっとも生活の心配はない訳だ」

「まああだね。こうみえても物欲や娑婆ッ気が骨がらみになっているしね。東京から仲間がちょいちょいやってくるんだ。話は金儲けのことにきまってらあね。死んで行く時身につけるものは、経カタビラに銭六文と昔から相場がきまってるし、こんな体になって、今更慾にかかわいても仕方ないと百も承知で、ついふらふらっと彼等の話にのっちまう。結果損して泣きもみているんだね」

「人間誰しも大なり小なり、死ぬまで業をしょってゆくらしいよ」

「けど、金儲けの話に血眼となる連中は出来るだけ敬遠するつもりだな。金、金、金で金に一生涯振り回されぱなしじゃ、あんまり情けないからな。ここらで足を洗いたいと思うね。――なんかやっていないと身がもつまいから、君のキビにふして、俳句でも勉強して、せいぜい隠居じみた心掛けに落ちつくことだろうな」

「しかし、今の時勢じゃ、これから先日本がどうなるか見通しもつかないからね。自分一人隅ッこでのんびり歌よみ顔していようったって、そうは問屋がおろさないかも知れないよ」

「それもそうだ。この頃の新円紙幣だって、インフレ次第でいつ紙屑同様になるかわからないな」

「ま、君の場合、おどし半分にしろ、医者にあと一年といわれている体だそうだし、健康が先決問題だろうね。銭儲けの口はほどほどにして置いて、養生が第一だね」

「本当にそう思っているよ。――これから海岸へ行ってみないか。俺、帰ってから一度も海をみてないいんだよ」

と、かつて、小川と下宿屋で殴り合いの喧嘩したことも、僅かな金の無心をはねつけて、したたか彼に煮湯呑ませた一件も、都合よくけろりと忘れている私は、連れの袖をひいています。

小川もすぐ承知と頷いていました。彼が意識するしないに関らず、いずれ私を小説に書く下心あっての親身な歩み寄りとは、一向にかんぐってもみません。

濠端にある、二人が子供時分通った小学校は、木造の二階建から、鉄筋コンクリート仕立の校舎に変っています。母校の横手へ折れ、電車も通る国道を突ッ切り、トタン屋根の平家建が多い通りを行って、段だんゆるい登り坂へかかると、左手は松林、右手に庭の広い瓦屋根の別荘がみえたりして、このへんは幕末黒船にそなえた砲台のあとでした。

腰の曲った漁師が、手拭の鉢巻、ゴム長をはき、棒の先につるした一本の鰤を担いですれ違うと、間もなく防波堤の頭へきます。

砂浜へ降りる、急なコンクリートの階段の、鉄棒を渡した手すりに両手でつかまりながら、べっ甲椽の丸い老眼鏡かけた私は、着物の裾の方へ視線をくばり、はうような恰好しいしい降りて行きます。

「大丈夫かね」

「足許がふらついてね」

「上る時が一層大変だろう」

「いや、降りる方が骨が折れるよ」

ゆっくり、一段ずつ階段をくだり、やっと砂浜を踏みます。額あたりあぶら汗がにじんでいるようでした。

真南に、大島の灰白色した島影が水平線へ浮び、左に細長く伸びる三浦半島や房総半島の先端、右手にその上へ天城山が遠くかすむ、伊豆半島の稜線までくっきり薄みどりに装われ、近間の磯へよる波頭も、小さく白く眺められます。

昨年秋の台風で、大波をかぶったという、周りのペンキを塗った木柵が大方こわれぱなしになっている、海水プールを背にして二人は腰を下ろし、下駄を突ッかけたまま、両脚を黒ッぽい砂の上へ投げ出します。頭の真上に太陽があり、無帽では心持ち熱い位ですが、きらめく海面を絶えまなく滑ってくる微風が、ひと際さわやかでした。

私はたもとから『いこい』を出し、小川へすすめて、自分も一本くわえますと、彼が火をつけてくれました。

「やっぱり海はいい気持だなあ――」

と、腹の底からこみ上げる言葉です。

幼時よりなじんだ眺望ながら久し振り見渡す海岸の景色に、頭の芯まで洗わる心地でした。

小川も、煙草をすって口数少なく、漁船というものが一つもみえない、定置網をひく船ばかり遠く近く浮ぶ海の方へ、くぼんだ小粒な眼を細くしています。

「鰤網（定置）もそろそろしまいだろうね」

「今月一杯だね」

「今年も水揚げが芳ばしくなかったそうだな」

「うん。去年もひどかった。年ねん相模湾も魚のいない廃港みたいなものになってゆくよ」

「そうかなあ。話にはきいていたが、日本の近海漁業もいよいよ下火かね」

「小田原でも漁師の頭数が減る一方だというね。若い者は船にのるのをいやがって、陸上でピカピカした靴なんかはくつとめに出たがるそうだ」

「ふーむ。魚といえば魚も海中で音を出すんだってね」

「ほお。初耳だ」

「鰯のなぶら（魚群）でも、鰹のなぶらでも、短波の聴音器で遠いところからキャッチ出来るそうだ。潜水艦が敵艦や輸送船をキャッチする具合にね」

などと、私は活字好きらしく雑学の一端をひけらかし始めます。

「なる程ね。遠くからなぶらをつかまえて近づくのか。——考えたもんだな」

調子にのり、原子爆弾から水素爆弾、冷凍爆弾と、地球を自滅へ追いやるに等しい、益ます破壊力を増大して行く核兵器についての新知識を披露したり、敗戦後三、四等国に転落した日本の将来はどうなるか等、次第に話が大きくなります。

「ヨーロッパのある小国じゃ、今度の大戦だけでなく、国内がいく度も外国の軍隊に踏みにじられているから、国民はトランク一個に全財産を詰め、いつでもどこへでも、移動できるような算段しているそうだね」

「なまじ一定の場所へ執着するより、身軽にどこへでも行って生きられたら便利だね」

「身につけばその方が気楽かも知れないな。ジプシーかなんかみたい——」

「日本も下手すればそんな世渡りの必要な国になりかねないな」

「米ソ戦のとばっちりをモロにかぶったりして、ね」

「そうだよ。いつ又世界大戦が始まらないものでもない。絶対ないという保証はどこにもないからなあ」

「君、ずっと昔、ハレー彗星が出たのを知ってるか」

「うむ。子供の時見た覚えがある。箒星といってたな」

「そうだ。八十年に一遍地球からみえる星さ。当時、そいつが地球に衝突して、地球が滅茶苦茶に砕けてしまうといい出した天文学者が、どこかの国にいたんだね。その説を真にうけて、そうなる前に早手まわし、自殺してしまった人も相当あったそうだな」

「学者の予言がはずれて地球が助かったというところか」

「八十年に一回、地球に接近する筈だが、いずれハレー彗星が現われて、世界中物騒な雰囲気に捲き込まれるか、知れたもんじゃない」

「全くだね」

二人は、している話にいい加減もたれ気味、鼻先の空気も稀薄になるような面持ちです。

「のどが乾いてきた。――喫茶店へでも行こうよ」

私は爺むさく腰を上げます。歩き出すと、短かく押しつぶされた影法師が足許へかみついていました。

百メートルと離れない、東京よりの砂浜へ、各自渚の小砂利を山盛りにしたもっこを担いで、防波堤の上まで運ぶ人影が、一列縦隊に続いてみえます。

市の失業救済で、他に道路工事、どぶ掃除等へ、男女三百人近くが雇われていますが、毎日きまって百人以上あぶれる者も出る由でした。

階段の登りは、降りる時よりずっと骨が折れません。鉄棒につかまる両手で、全身をひっぱり上げる要領よろしく、一段一段登り切り、防波堤の頭から、砲台あとのゆるい勾配にかかり、濠端の方へ逆戻りして行きます。

「君に頼みがあるんだ」

と、連れの顔をみず、互いに前方ばかり向いて歩きながら、私はそういっていました。

「なんの用?」

「六畳でも、八畳でもいいんだ。貸間を知っていたら世話してくれないか」

「君が借りるのかね」

「そうなんだ。荷物は本箱二つに机、布団と箪笥、茶箪笥、長火鉢と、大体そんなもんなんだがね。四畳半でもいい」

「小田原銀座の甥の家へいいながら、どうして貸間なんか?」

「奴は血を分けた子じゃないからな。あの家をそっくり甥の名義にしてやっても、いざ一緒に暮らす段になると、相方に気がねがあったりして、しっくり行かないんだ。おい、ヒロポンの注射を打ってくれと頼めば、いやな顔も見せないで、してくれることはしてくれるんだがね、こっちの勝手な僻《ひが》みかしれないが、なんか奥歯にものがはさまってるあんばいでね」

「その気持も解らなくないけど、君は病人なんだろう?」

「その通りだよ」

「今の裡はまあいいさ。病気で寝込むようになったらどうするんだね。金さえありゃ、看護婦でも付添婦でも、つきっきりで面倒みてくれようが、貸間よりやっぱり甥や甥の妻君と一つ処へいた方が、ずっと安気じゃないのかね。なんといったって知らないよその家より――」

「倒れた場合だね」

「甥の家と一つ地所へ、君が寝起きする居所をつくってはいり、ふだんあんまり甥やなにかと交渉のないような暮し方したらどうかね。なんなら、外食券を買って外でめしを喰うようにして――。俺のよく行く『やっこ』でも三十円の定食を、外食券付で喰わしてるよ」

と、小川はその場の思いつきとしても、物置小屋住いのせいか、痒いとこへ手の届きそうな口をききます。

「そうして家の者となるべく顔を合せなけりゃ、両方気まずい思いする気遣いもないいじゃないか。寝ついたら、眼をつむって甥夫婦の厄介になるのもいいし、付添婦でもなんでも好きなように雇える身分だしね」

「そういうことだな。だが俺はね、女房の骨壺をもち込んだ時から、急に懇意になった山王寺の住職にたのんで、寺の空地へ小屋でも建ててやろうかとも思ってるね。たったひと間きりのものでも、へりつきの畳位入れてね。俺の亡くなったあとは寺へ呉れることにしてね。食欲が滅法なくなって、強壮剤の注射でおぎなっているこの頃だから、まかないを引受けたにしろ、寺に大した手数もかかるまい。住職は色艶のいい顔つきした生臭坊主らしいが、話の面白い人間で、俺より三つばかり年下なんだ。かみさんも玄人上りというだけあって、如才なくよく気がつく女なんだよ」

「そりゃうまい考えだな。病気の療養にも往生する場所にも、お寺なら誂え向きじゃないか。フ、フフ」

「山門内にいるということになると、東京の連中もよりつきにくくなるだろうしね。抹香臭いところで金儲けの話もないからな。ことによると、毎晩アドルムを呑まなくても楽らく眠れるようになるか知れねえ——。けどね、どんな小屋みたいな家でも、一軒建てるとなれば、材木代や大工の手間賃や何やかや、細かいところまで一いち計算してみなきゃならねえ。それがわずらわしいといって、住職に凡その金を渡し、万事よろしくというふうにも、俺の性分として出来ねえんだ」

ひと息ついて
「やっぱり貸間の方が安直でいい。倒れたら倒れた時のことだよ。よべば義理でも、甥夫婦のどっちかが駈けつけるだろうし、土地に根ッから親戚や知合がいなくもなし。——君是非みつけて置いてくれよ」
「そうするかねえ」
「六畳でも四畳半でもいいんだ。荷物は、本箱に机と布団と、長火鉢、それから……」

約半年後、箪笥屋の一室から動けなかった私は、時どき短刀をふるってあばれ出す始末に、甥の手で小田原の町はずれにある精神病院へ、ほうりこまれていきました。

〔「ある男」(「ある男の告白」改題) 昭和五十三年「海」七月号初出〕

亡友

先年物故した、作家北原武夫の生家は、小田原の海岸からそう遠くない大通りにあった。瓦屋根の平家建で、もと軍医だった父親は、内科専門の町医者になっていた。

北原より五つとし上で、私と同じとしの関は、彼の家より三軒箱根山の方へ寄った、石の門をかまえる二階家に生れ、辣腕家といわれる弁護士を父親とし、母親に一人の姉弟がいた。

中学校へ通学し出した当座、吹き降りの日は関おかかえの俥屋が送り迎えするようで、卒業する頃には「民衆」という土地ッ子の新進詩人を中心にした詩雑誌の同人となり、短かい作品など出したりした。

関と小学校同級生の私は、彼の紹介で「民衆」へ詩を書き、生れて始めて自作が活字になるよろこびもかみしめた。

当時私は、実家の商売を嗣ぐあととり息子として、天秤棒の両はしへぶら下る魚籠を担ぎ、麓の湯本から中腹の宮の下・底倉あたりまで、六キロ近い山坂を、毎日のように登りくだりする身の上であった。

文学者として、世にまみえたい志望を抱く関は、W大学・文科の入学試験をうけたが失敗した。すると、無試験同様ではいれるG大学をえらんで上京し、二年あまり通学する裡、徴兵検査も第二乙ということで免除される早そう、学校の方を止めるとなく止めてしまい、待合遊びも覚えたりして、小田原でぶらぶらしているところへ、突如として関東大地震であった。

関の家も類焼したが、家族、書生、女中達に一人の負傷者さえ出なかった。姉は他に嫁し、長男をやたら大事にして甘やかす母親は、弁護の依頼者をかたっぱしから喰いものにするという悪評もないではない、巡査上りの父親とはうら腹な人柄らしかった。彼女の過分な慈愛が、かえって関をいつまでもしまりのない人間にしていたが、大震災の翌年、父親に半分追い出された形で東京へ赴き、上野・桜木町へんの牧野信一宅に、書生として住みこんでいた。羽振りのいい新進作家は同郷の先輩であり、かねてから双方の親同士が懇意な仲でもあった。

居る方にしろ、置く方にしろ、かんばしい勝手のものでもなかったかして、関は間もなく上野・桜木町から、牧野信一の口ききにより、世田谷・三宿の長屋に住む葛西善蔵宅へ身柄を移した。台所を別に、三間しかない家へ、主人公と当歳の赤児をかかえる愛人もいて、彼は小マメに立ち回り、雑誌社酒屋等への使い走りから、いいつけで質屋ののれんもくぐった。そんな彼を恰好な内弟子と見做し、私小説家は毎度酒の相手もさせ、小説を作るようにともすすめて、ものごとを正直にありのまま書いてみろなどと説いていた。眼鏡にかなった作品が出来上り次第、いつでも然るべき雑誌へ紹介すると励ましもした。

文壇へ出て、名をなしたいという、娑婆ッ気にかけて人後に落ちない関は「民衆」へ詩作を発表してこの方、かれこれ五、六年たっていながら、創作が一篇もまとまったためしとてなかった。学生時代は勿論、小田原でぐうたらに日を送った当時も、結構文芸誌や内外の小説本を読むことは読んでおり、文壇の風潮や文士のゴシップ記事にも相当敏感でいて、嘘のように一作も仕上がらず、自分の書くものをひとが読み、どんな顔つきするかと思えば、手にしたペンも立ちどころに動かなくなってしまう有様であった。根ッから書くことに自信がもてず、大体苦労知らずで成長した彼には、当人の野心はどうであれ、捨て身になってペンをとる意気も題材も、持ち合せがなくて当然のようであった。

因果な内弟子は、師匠や子持ちの自分より一つとし下の女と、狭い家の中で明けても暮れても鼻突き合わすのが、段だん苦になったらしい。ある時、質草をうけ出すべく、葛西善蔵から渡された金をふところにするや、関は行きつけた店と反対の方角へ歩いてゆき、浅草六区へとんで映画をみたり、酔いに紛れて吉原の女郎屋へ泊り込んだりしている間に、三日とたたず一文なしになってしまい、世田谷・三宿へは帰るに帰れず、W大学裏の、関東大震災後よろけ気味に傾いた下宿屋へ、脚を運んで行った。

階下の日当りの悪い六畳に、私が足掛け三年神輿を据えていた。

魚屋の方は、左傾思想にかぶれて警察に睨まれ、得意先の温泉旅館からも出入り止めを喰ったりして、小田原へ居辛くなり、私に思想を吹き込んだ山羊鬚はやす人が上京すると、その家の玄関に坐る一方「詩とは爆弾である。詩人とは牢獄を破る黒い犯人である」と表紙にうたった「民衆」より薄ッぺらな詩誌「赤と黒」を、東京で知った三人のアナーキーな連中と始めたりした。金に詰って雑誌は三号より出なくなり、先輩宅から移っていた下宿屋に借りが出来、メシも止められたところで、私は窮鼠が猫に噛みつくに似たテロ行為を思い立ち、詩の仲間とよりより過激な計画をねってみたものの、原稿紙の上で勝手にわめき散らすのとは訳がちがい、いざ実行の段取にかかるより先、皆みないのちが惜しく、肉親に脚もひっぱられたりして、結局ぶざまな腰砕けでしかなかった。妻子のいない私如きは、下宿屋を夜逃げし、半年そこそこに小田原へ舞い戻り、実家の物置小屋に骨と皮に痩せこけた体を横たえる始末であった。魚屋の棒を折った息子など、いっそ死んでしまった者と諦めをつけ、十歳とし下の次男に望みをつないでいた親共は、仕方なく三度三度ただメシを喰わせ、せびられれば渋しぶながら煙草銭もあてがったりした。

震災直後、盗人に追い銭然と出す金を父から貰い、細引でからげた焼け残りの柳行李を背負い、貨車だけしか動いていない鉄道の便をかって東京へはいり、池袋の知人宅に草鞋をぬいだ。早速、子供向きの小説から、文士訪問の原稿その他、血眼となって売文に精出し、「赤と黒」の仲間からつとめてはなれる模様の、己が器量にかんがみ、左翼的な方面はつくづく甲羅に合わないと断念したのであった。書きとばす原稿は、焼け跡にバラックの日ましふえてゆく東京で、予期以上の売れゆきをみ、震災の翌年、W大学裏の古ぼけた下宿屋へ移ると、私は売文原稿の間をみいみい「私小説」如きものを、魚担いでいた既往にかえったみたい、再び書き出した。三度目に気にいったものを拵えると、文士訪問の件で近づきを得ていた、徳田秋声先生にお百度を踏んで読んで貰った。某雑誌へ世話して頂ける上首尾ともなり、処女作が活字に組まれて日の目をみるや、一部から好評をかち得、鬼の首でもとった有頂天振りに、数え年二十五歳の魚屋上りは、今後「私小説」一本槍で行こうと、それまでしていた仕事を一切止め、短篇ばかり書き続けて忽ち下宿代を溜め、コーヒー代すらこと欠きがちなこの頃であった。

とびこんできた関から、葛西善蔵の許へ詫びをいいにいってくれとたのまれ、私は二ツ返事してみせた。同氏が本郷三丁目の下宿屋へいた時分、訪問して原稿紙三枚分の談話を貰っていたし、秋声先生の夫人が亡くなった通夜の席でも顔を合せており、かねてその作品を敬服している読者でもあった。

関からややこしい路順をきいてきた私は、私電を降りてごみごみした場末の街を通り、小さな石鹼工場の裏手になる横丁で、トタン屋根平家建の、曇りガラスの格子戸をはめた入口近くに、大きな八ツ手の木が埃ッぽい、葛西善蔵宅を探し当てた。しっかりした毛筆の楷書で姓名を記した表札も出ていた。

玄関の横手になる、畳表の赤茶けた三畳へ、座布団を二枚重ねて正座し、どてらの上へ色変りした羽織をかさね、日陰臭い白面にロイド眼鏡をかける私小説家の前で、関の不始末を詫びると、先方はあっけない位こだわりなく、内弟子が明日にでも帰ってきてほしいといったふうな挨拶である。程なく酒が出て、二人前のマグロの刺身も一閑張りの卓袱台に置かれた。髪を無造作にたばね、心持ち青白くむくんだような長い顔つきの若い女は、ろくすっぽ口数をきかず、着ている割烹着も可成むさ苦しかった。

酒に弱い私は、歓待されていい気持そうにはしゃぎ出し、うっかり口から滑らせた一言《ひとこと》が、聞き手の逆鱗に触れようとは夢にも思わなかった。氏はいっぺんに顔色をかえて、少し人並より短かい舌に、世間の裏を知り抜いたような毒気をはらませながら、喋ちょうとまくし立ててとどまるところを知らない。私はほうほうのていで猪首を余計縮め、葛西氏宅から退散した。

関は世田谷・三宿へ戻ったが、質草をうけ出す金を使い込んだ手前から、つい居辛くなったかして、その裡布団、行李、身の回りのものなど運送屋の運転するリヤカーへのせ、W大学裏の下宿屋へ引越してきた。小田原からの仕送りをまてば、さしずめ生活費の心配もいらない身分であった。

二階、階下と部屋は別ながら、とし恰好も痩せて五尺に少しばかりの身長も同じ位な二人は、閑な時間だけふんだんに持ち合せるあぶれ者みたいに、しょっちゅう一緒になっていた。

書き上げて、雑誌の編集部へ持ち込む前に、短篇を関にみて貰い、彼の読後感も問いただしたり、私の貧弱な書棚から、古本屋も受けつけないよごれた小説本を、関が引き抜きもって行ったりもした。彼は原稿紙を机の上へ置き、ペンをとるべく心砕きながら、依然として三宿にいた時同様、三、四十枚の短篇の腹案さえ満足に浮ばないらしい。売れても売れなくても書ける君が羨ましい、としみじみかこつ場合もあったりした。

時どき一人でおでん屋へ寄り、一杯ひっかけてきたり、たまには私をさそって新宿の女郎屋へ上り、手軽に時間遊びしてみたり、私も亦下宿屋へ支払って、つもった借りの内金とすべき原稿料を着服し、関と共ども浅草六区で時間をつぶし、百貨店の中から出る私鉄にのり、隅田川を渡れば程近い、ドブの悪臭も漂う、深夜の私娼街へ紛れこんだためしも一度かあった。

白昼、神田・神保町の裏通りで、二人がなにかの拍子に突然口喧嘩を始め、よってくる人だかりをはばかり、殴り合い沙汰にまでは行かなかった場面もないではなかった。

関は約半年間、同じ下宿屋にくすぶっていたが、父親からきつく呼び戻され、しおしお小田原へ引き揚げて行った。

やがて、文壇を席捲するプロレタリア文学にあおられ、私もしたたか動揺し、さそいの手をのべてくれる、時流にのった旧「赤と黒」の仲間の方へ帰参して出直す踏ン切りもつかず、作品はさっぱり書けなくなってしまい、よしんば書けたにしろ買い手がみつからない、八方塞がりの泥沼へ引きずり込まれた。とどのつまり、既にメシをとめられている下宿屋から、ある晩風呂敷包一つかかえて逃げ出し、その脚で秋声先生宅へころげこんだものの、既成作家の多くが余儀なくされていた、ほぼ失業中の老作家の許へ長居もしかねた。行きどころなく、私は、海べりの物置小屋を頭に置いて、親共のスネをかじりに、汽車賃は先生に泣きつき、発表した作品や雑文の切り抜きも入れた包を下げ、半分瞳孔のひらきかけた眼つきして、生れ故郷の方へ落ちて行った。そんな者の身代りに、一人きりの肩揚げがとれて間もない弟が、魚屋になっていた。

父親に詰腹切らされた恰好ながら、数えどし三十歳となったところで、関はきっぱり、その為二十代を棒にふった文学志望と絶縁した。

東京のドまん中の、尾張町の交叉点からいくらもはなれていない、二階建三間まロの書店へ住み込み、角帯をしめたりして、小僧と同じように働き出していた。白毛頭の主人は、小田原の生れで、銀座通りへ出していた古本の夜店から成り上った商人であった。

本の仕入れ方等、小売店経営の要領をひと通りのみこんで、関は帰郷すると、国鉄の小田原駅へ五分とかからない場所を借り、間口一間半の奥行も詰まった書店を出した。主として硬・軟の小説本を両側の棚に揃え、新刊の雑誌は児童向きの類も台の上へ並べたりして、花輪が一ツ二ツ飾られた開店祝いの当日は、羽織をひっかけただけの着流しで、額の形が甘ダイに似て人眼につきやすい初老の父親も、店先の粗末な椅子へデンと控えていたりした。

一時の仮店で、駅へ更に近く、レストラン、カマボコも売る土産物店、すし屋に喫茶店等軒をつらねる間に、間口二間半奥行もたっぷりした二階建で、木造建築だがぐるりをコンクリートで塗装した、立派な店が落成し「好文堂」とある看板も張り出された。銀座の書店を真似した本棚等の趣向で、土地では顔役の親の七光りものをいい、駅前という誂え向な場所柄でもあり、店の客脚はさのみ悪くなかったが、大震災この方、世間は明けても暮れても不景気続きのさなか、格別な売り上げも見込めなさそうであった。

関同様、角帯姿の大小二人の店員が、店番をしたり、自転車にのって註文の品を配達に行ったりしていた。日銭のあがる小売店で、その日の売り上げをそっくり儲けとでもカン違いしたかのように、いける口の関が毎晩小金をふところにしてのカフェ通いも、ようやくひんぱんとなって行った。

山向うの三島の生れで、としは彼より六ツ下の二十六歳、色も浅黒くキメも荒いが、細面で痩せ型の小柄なりにすっきりしたうしろ姿をみせ、腰まわりの肉づきもたるんでいない女給を、関は妻として家へ入れた。世間ていを気に病む双親の反対も敢えて押し切った、彼にしては珍しいねばり方であった。その後、父親は駅前の店を覗きにゆくことなど絶えてなくなり、白毛まじりの小さな丸髷を頭にのせる母親だけ、暗くなってからこっそり書店へ現われ、台所あたりの模様もたしかめてゆく様子であった。

先年夫に先立たれて若後家となり、石の門のある実家に近い家にひとり暮し、生花の師匠という看板を表へ出している関の姉は、三日にあげず店へ脚を運んで、弟の女房が赤い手絡《てがら》したゆいたての髪をひと目みるなり「誰にことわってこんな髪を——」などと訳のわからない文句を口走り、ヒステリーの発作に見舞われる折もあり、又他人のメシを喰ってきて覚える折なく、針を動かすのが不得手で嫌いな義妹に、うちとけたもの謂しながら、手をとって着るものの縫い方など教える時もあったりした。

夫婦の間に女の子が誕生し（それが最初で最後のひと粒種となった）その子が数えの四歳になると間なく、父親が脳出血に倒れて意識を失い、昼夜三日間うなり続け、息をひき取っていた。

賑やかな葬式であったが、遺産としては門構えの二階家と、百坪に足りないその敷地位のもので、目星しい動産・不動産は嘘みたいに殆んどなかった。土地での評判とちがい、蓄財に淡白な弁護士らしかったが、小田原からK大学の理財科へ通学中の次男の学資や、未亡人の手許が急に苦しくなる筈もなかった。家屋敷は関の気づかない裡に、母親の名義と手回しよく書き換えられていたりした。

書店の方は、名実共父親在世中から関のものに相違なかったが、建物だけで、建坪三十坪余は借地である。遺産として、自分のふところへはいってくるものを皮算用していた彼は、肩すかし喰ったあんばいながら、核家族か勘当された長男もどきに、母親や弟をみて行く負担を除かれている勘定でもあった。

子供が大きくなり、女房の手があいてきて、店のレジーの前に坐るようになると、店員は小僧一人で間に合い、世の中も満州事変突発後へんな弾み方して、一般に活字ばなれの傾向であった。

もともと利ザヤの薄い商売が、客脚も年ねん減り勾配、関は閑な体をもてあまし気味となって、乗りものにのり、東京方面の競馬場へ脚を向け始めた。馬券を目一杯買いあさり、大きな穴をあけてしまう程でもないにしろ、出かける度毎必ず損していながら、当人は青天井の下、馬共が先を争って颯爽と走る姿を眺めやり、胸の底までせいせいするような思いを満喫し、悦に入っていた。

段だん馬券買う元手にも詰り加減、東京から本や雑誌をまわしてくる取次店への支払いさえ滞りがちとなって行った。

その頃、私は小田原へ永住の覚悟で引揚げてきていた。これまでのように東京を喰い詰めた為ではなかった。プロレタリア文学もようやく退潮し、既成作家達が息を吹き返して書き出すにつれ、私も久しく捨てて顧みなかったペンをとり、純文芸を標榜する同人雑誌へ参加し、再び一ツ覚えの「私小説」をつくり初め、文芸誌あたりからたまには作品を依頼されるはこびともなった。が、処女作を発表するや好評にあやかり、いい気になって、創作一本槍で行こうとした結果、ひどい目にあい、足掛け六年神輿を据えた下宿屋へも多額な借金を残したりした二十代の後半に、コリコリして、身の程を知ったかぶりの私は、唯一の定収入とかじりつく、通信社の匿名仕事を手ばなそうとはせず、ひとり口はその方でなんとか塞ぎ、「私小説」は一種の余技と見做して、妻子を養いかねる境涯も是非なしとする、いじましい心構えであった。特信部主任の承諾を受け、通信社の埋草仕事は小田原へも持ってきていた。

関の父親が亡くなった年に、私の父も胃癌をわずらい、数え年五十六歳の大晦日近く、幸い生木をひき裂くに等しい断末の苦しみだけはまぬがれ、孫の顔も見ず若死した。その前から、母の方は中風患者として、坐ったり寝たりの腰抜けとなり、頭脳は大してぼけもせず、魚市場へよった海岸通りの、弟の家の厄介になっていた。歩兵上等兵として出征し、上海付近のクリークで迫撃砲弾の破片を胸にうけたが、東京の陸軍病院へはいり、半年ばかりいて小田原へ帰還すると、弟は従前通り大小の従業員二人と登山電車に荷ものせて、中腹の温泉宿へ魚を売りに行った。女房との間に、男女二人の幼児も出来ていた。

震災直後、亡父の建てた、ふた間よりない家は、月十円の家賃でカマボコ職人に貸してあった。父の名義はそのままにしてあるが、長男の代りに家督を相続し、病母もかかえている弟へ、家も五十坪の地所ぐるみ、父の病床で約束した通り、私はゆずり渡すつもりであり、受取る側もたって辞退するという口振りではなかった。

かねて馴染の古畳が二枚宙吊りの棚式な場所へ敷いてあり、雨戸をはめた一間幅の押入れ、海へ向いた方にはトタン板で出来た観音びらきもしつらえてある物置小屋は、都落ちしてきた当座、あまり居心地のいいものでもなかったが、食事は一膳めし屋でし、追おい近くの防波堤の頭にある公衆便所で、毎朝の用をたし、ついでにそこの水道口で顔を洗う手順にも馴れ、近所の人眼を気にしながら、バケツへ身につけるものを入れて、緑色のペンキもはげた臭い建物の傍へもって行き、ぎごちない手つきしいしい、洗濯までしてのけるあんばいでもあった。

ビール箱を机代り、その上へ原稿紙をひろげて文字を書く方は、今にはじまったためしでもなかった。東京の文芸誌その他から、年に二、三回短篇小説の註文にも見舞われ、匿名原稿は毎月三十枚見当必ず書いていた。その仕事のタネ探しに、諸新聞の文化欄や、文芸誌・綜合誌を念入りに読まなければならず、私はマメに城址のほとりにある、瓦屋根木造二階建で周りを水色のペンキで塗装した図書館へ出向いたり、関のところから諸雑誌を借りてきたりもした。

銀座の書店を小型にした店はさびれるばかりであった。台の上へつみ重ねる月刊の雑誌類その他はそれ程でもないにしろ、両側の本棚は書物が並んでいる場所より、穴があいたように塞がっていないところが多くなった。売りものの本も埃ッぽく店曝しといった模様の、開店当時と較べにならない客脚でしかない。一人残った小僧が止めてしまうと、関も流石に家をあけ、競馬場などへ脚を運ぶ暇もなくなったが、それより先、馬券を買う元手にこと欠く始末であった。

米屋、魚屋はじめ、近所のソバ屋へも支払いが溜り、電話で註文しても怒って何一ツ配達しなかった。いつの間にか母親も長男を見限ったらしく、K大学を出た次男が都下の銀行へ勤める早そう、石の門のある自分名義の家を知人に貸して上京し、遠縁に当る者の家作へはいり、小女を雇ったりして、下の息子と水いらずの朝夕を迎えるようであった。

前にまして、関は酒をのみ、ドブロクや泡盛りに脚もとをふらつかせながら、毎晩おそく家へ帰る癖もつけた。これをふくれっ面して迎える女房のおとなしい性根につけこみ、浪花節の文句などうそぶきつつ、子のみている前でも殴ったり足げりにしたりして、薄気味悪く笑い出す荒れ方も、嵩じる一方であった。その時分、彼はひと晩小田原署の留置所へほうり込まれている。つけ火の嫌疑であった。階下の茶の間の畳二、三枚分こがしただけの、昼間の出来ごとでありながら、日頃の評判がたたり、近所では彼が保険金ほしさにたくらんだ仕業とみる者もあったりした。

留置所から出てくると、駅前へつらなる店を、関は軒並みぺこぺこ頭を下げて回った。借金の抵当になっているケチのついた「好文堂」は、その後半年たたずに銀行の手へわたった。

箱根麓の温泉場にあり、早川へのぞんだ木造三階建の、客の収容力では全山一大きい旅館の若主人は、関と中学校の同窓というよしみから、その者に拾われ、彼は帳場へ坐る身状となった。早川が海へそそぐ河口近くの、小田原の裾まわしには松原が残っていて、人家はまばらにしかなかったが、六畳三畳ふた間の借家へ関と女房子三人は住まい、彼は毎朝電車にのり、神妙に勤先へ通った。月給の他に番頭へ多少は客からの心付けも出、月に一度の休日には家族づれで東京へ芝居見物に出かけたり、馬券買いとは縁を切っているが、好きな酒にさのみ不自由もしなかった。ごくたまに、旅館の玄関先へ顔見知りの文士が現われるや、古疵でも疼くかして、彼はこそこそ身を隠してしまうのであった。

昭和も十四年にはいると、大陸での戦線が南北にひろがり、白衣を着た傷病兵が箱根の旅館へもみられるようになり、その人数が追おいふえて行った。殊に入れものの大きい関の勤先は、週末の書き入れ日でも、泊り客より白衣の連中の方が多くなり勾配、従業員が軍需工場あたりへ続ぞく転出する模様でもあった。

紙も統制され、新聞・雑誌の用紙に制限の度が強まるにつれ、地方新聞の紙面は年ねん縮小し、文化欄などなくなるところも珍しくなく、全国の新聞へ記事を流す通信社の仕事も減少するばかりであった。皺寄せをこうむり、私が虎の子としてきた匿名原稿も通信社からしめ出されていた。

定収入を失えば、年間二、三篇、文芸誌・半同人雑誌へ短篇を書くだけで、最低の生活も成立つ筈がない。といって、筆で身すぎすることに馴れてなまった体では、人並に軍需工場へ行って働く気になれず、質草も底をついてゼニのはいる路が絶えるや、空腹をかかえて、行きつけの店先から食パンを盗んできたり、小田原駅構内にある駅弁売りのたまりへ忍びより、包装した折詰めを掠めとるような真似も始めた。日に一度、中気で八年ごし寝ている母のしもの世話を手伝うべく出入りする弟の家では、義妹や三人の小さな甥・姪がはたにいなければ、台所へ回って鍋のふたをとり、中の煮ものなど手づかみに頬張り、病床から坊主刈りの白毛頭を持ち上げてみている病人の悲鳴に肝を冷やしたり、彼女の口からゆるんだ前歯の金冠をむしりとり、早そうに質屋ののれんをくぐるていたらくでもあった。

あと一歩というところで、警察のブタ箱入りもしかねない瀬戸際へかかる前、弟の方は二度目の召集をうけて、甲府の兵営から行先不明同然の身となっており、あとを追うように、母も周りに孫一人い合せない真ッ昼間、痰の塊りがのどへつかえ、悶絶して果てた。享年六十五歳であった。

母の葬式が出て暫くたって、横須賀の海兵団からきた徴用令はいっそ助け船に似ていた。軍港へ行って工員となりさえすれば、餓死する恐れも、かっぱらいをしてつかまる心配もない、と私はほっとした。物置小屋の出入口を釘づけにし、着るものから文庫本の万葉集まで包んだ大風呂敷を下げ、折襟の国民服に半ズボン、弟のお古の短靴をはいて、当人は九貫目以下に痩せこけ、栄養失調の見本じみた体が、働かされても通用するつもりであった。

小田原駅で、目下軍需工場の購買部へつとめ、以前共産党の末端分子として、結構活躍したこともあるとし下の知人と関に落ち合い、私の非行も知らぬ顔の二人に見送られ、海兵団の構内にある運輸部事務所へ行った。

B29の銀灰色した大きな機影が、上空に再三現われる横須賀から、翌年二十年の二月、小笠原・父島へ荷物運搬夫として連れて行かれ、島で終戦となって、年の暮近く、私は小田原へ帰ってきた。留守にしている裡、物置小屋に南京虫がいなくなり、弟は生死不明ながら、その家族に別段異状もみえず、小田原も盛り場の一部分が戦火に焼失したのみであった。

朝方、靴の音が表の往来から聞えてくると、亭主が戻ってきたかと、その都度寝床からとび起る義妹は、リヤカーをひっぱったりして小僧代り、古くいる年寄りの雇人共ども、魚市場へ買い出しに毎朝行っていた。

久里浜の海軍事務所で、向う半年間位喰いつなげる、退職金まがいのものをふところにしてきた私も、前途を思えば心細い限りであった。東京の都心は大方焼け跡と化して、銀座の裏通りにあった通信社の移転先もみつからず、とはいえ従前通り、筆の方で冷飯にもせよひとり口を塞いで行くにまさる処世法も浮んでこなかった。

敗戦国が文化国家の名乗りを上げ、出版界もよみがえって、新雑誌等雨後の竹の子の如く出はじめるや、東京の膝下近くにいる私のところへも、ぽつぽつ短篇小説の依頼がくる雲行きとなった。とびつく思いで、ビール箱の机の上へ原稿紙を拡げ、夜分は二十匁ローソクのあかりをたよりにペンを進めた。中絶していたペンの滑り具合は心許なかったが、作品の出来不出来をいっておられなかった。いつまで続くことやらと案じられもしたが、匿名仕事の別途収入が見込めなければ「私小説」一本で行くしかなく、その実なんの為に生きて行くのかと自問してもはっきりした返答の覚束なそうな、生活意識の芯がガラン洞になった敗戦国民の一人であった。

南支方面から、マラリヤの高熱を土産に帰還した弟は、女房や老雇人が留守をあずかった商売へ戻り、発作的に出る熱も、半年とたたない間にすっかりおさまっていた。

関は、戦後勤先の温泉旅館をやめた。白衣の傷病兵ばかりで客脚が全く絶え、開店休業も同然となったからである。旅館で知り合った、某土木業者が小田原の町はずれにもつ別荘の番人と変って、親子三人が階下へ移転し、急場をしのいだ。耳よりな勤め口もないまま、彼も当時流行の闇屋の仲間に投じ、土地で手に入れた物資を東京で捌いたり、東北地方へ出掛けて仕入れた白米など小田原へ貨車便にして送ったり、売りものに出た家屋の買手探しに奔走したりもした。が、大したボロい儲けにもありつけず、次第に彼の立ち回る半径も狭くなり加減、同姓でとしもそう違わないガス会社の集金係と組み、その人が集金先からほり出してくる物品をかかえて、小田原のまわりを歩く寸法ともなりがちであった。地元の魚や蜜柑を背へ負い、なりふりかまわず、人ごみの湘南電車へ割り込むような真似の出来る年齢でもなくなっていた。

メチール、かすとりその他の悪酒をひっかけてうさはらしする一方、活字にも飢えている如く、月刊の文芸誌や小説本へも手をのばした。私をつかまえ、口もとに泡をためながら、却なかうがった読後感も並べたりして飽きなかった。一時その人の家へ身をよせていたことのある葛西善蔵や、四十歳未満に縊死した同郷の先輩牧野信一の名も、関はしばしばなつかしそうにいい出していた。

東京へ用達に行った帰りがけ、牛込・神楽坂の原稿紙も売る店へ、十何年振りかで、ふらふらはいって行ったりもした。

　昭和二十二年の正月四日、私は日本酒の二合罎を下げ、湘南電車の通る土手に近い、関の居所を訪問した。

　大きな御影石の門をはいり、敷石づたいに玄関先へ行ったが、いつもの通り家の裏手へ御用きき然と回って、駒下駄や赤い鼻緒の履物も乱雑にぬぎ捨ててある台所口の、曇ガラスの障子を五寸ばかりあけ
「おめでとう――」

　と、大きな声を出した。

　しんとしている家の中から
「ああ、どうぞ」

　と、関の甲《かん》高い返事である。台所の板の間へ上り、そこを通り抜けたところで、右手の二畳の小間をみるともなしみてみると、割烹着をつけた女房が、うつ向き加減に向うを向いて坐っている姿が眼にとまり、一寸息の詰まる思いであった。

　畳表も毛バ立つ六畳の片隅へしつらえた置炬燵に、関は膝を入れていた。亡父そっくりな、甘ダイに似た額をして、高い鼻筋も立派だが、前まえから口許にしまりなく、エラが出て頤の詰った顔の、酒のみらしくすわった二重瞼の大きな両眼に、僅かな張りもうかがえた。しらふ

の時の顔面はいつも土気色に乾いている。

「少しばかり持ってきた。呑もうよ」

炬燵の敷台の上へ、私は日本酒の小罎を置いてから、折目のないコール天のズボンに埃っぽい足袋をはく両脚を、掛布団の下へ突ッ込んだ。ぬるい炬燵であった。

「三ガ日はどうしていたね。なんか面白いことがあったかね」

「いや、一歩も外へ出ずさ。炬燵にしがみつき通しでね」

「元日にみぞれが降ったし、寒い日ばっかりだったね」

火鉢一つ置いてない物置小屋では、つけた二十匁ローソクの炎にかじかむ手先をあぶったり、肌を刺す箱根颪の吹く夜は、屋根や周りのトタン板のすき間から殺到する風を押入れの中によけ、体をエビなりに曲げて寝たりしていた。

天井の高い欄間には、八ツ切りの写真が、金箔の少しはげた額ぶちにはいり、二枚かかげてある。関の結婚後「好文堂」へ足踏みしなかった父親に、東京・阿佐ヶ谷の次男宅で永眠した母親の紋服姿であった。物置小屋同様しめ飾りなど皆目みえない。

腰高障子のガラスごし、午過ぎの日ざしを浴びた枯芝の庭がのぞかれ、薄紅色した花をつけるさざん花が白苔のねばりつく石燈籠にそっていたりした。

女房は、正月客の前へさっぱり顔出しせず、関も炬燵を出、ひっぱってこようとしない。

「早そう始めたんだね」

「うん、まあね」

関は、そこへ触れて貰いたくない、痛いたしそうな顔つきして、眼をそらした。近頃、酔いに紛れて、浪花節の文句をうそぶきながら、女房を殴り蹴りする狼藉は働かないまでも、気むずかしい、なにかにつけて癇癪筋を立てる亭主になっていた。おとなしかった女房は、結構世帯やつれし、細い体も余計しなびて、一人娘についひかされて止むをえず、他人からあずかった家を出て行きかねているらしい。

隣りの部屋から、小学校の上級生になる娘の「年の始め——」が流れてきた。聞く者の胸にしみる澄み切った唄声であった。

私はせきたてられるように
「外は風もなし、いい天気だよ。——出かけようよ」

「そうだね」

「観音さんへいってみよう。あすこの茶店の縁台は日当りもよくって暖かいよ」

「そうだね」

「支度おしよ」

「ああ」

関はあまり気乗りのしない顔つきだが、爺むさく炬燵をはなれて、黒ッぽい棒縞のどてらの上へ、亡父の形見の品と覚しい、大島絣の羽織をひっかけた。きて五分もたたない裡に座敷を出て、二畳の方をうかがうと、火の気もないところへ、依然として向うを向いて坐ったなり、女房はひっ詰にした頭髪をがっくり前のめりにしていた。その姿を一瞥した関も無言で素通りし、台所の板の間へ出た。

水道口に置いた小桶には、皮の白茶けたイカが三疋、水につけてあった。

御影石の門をはなれ、電車も通る大通りを東の方へぶらぶら歩き、程なく熱海、伊東、下田と、伊豆半島の東海岸へのびてゆく街道のとば口にきていた。

両側へ並ぶ店の軒先に、しめ縄ばかりで門松の飾りもみえないが、紋服姿の年始回りや着飾った娘達等で、人通りはふだんより多少多かった。板裏の草履を突ッかけ小罎を下げる方も、焼杉の下駄をはいて無精たらしくふところ手の方も、頭髪に白毛がまじり、おっつけ五十歳へ手の届く二人連れであった。

ゆるい下り坂へかかると、真向かいに人家のトタン屋根ごし、きらめく海面が細長くみえてきた。

その年の暮近く、私は某文芸誌から作品を依頼されていた。

明治末期から、大正、昭和と続いてきた雑誌で、二十代W大学裏の下宿屋へ借金を溜めながらねばって書く「私小説」を、年に一、二回、プロレタリア文学が擡頭するまで三年余、持ち込む度毎とり上げてくれた恩顧もあり、かれこれ二十年振りにきく同誌からの呼びかけであった。

半月足らずで、三十枚ばかり書き上げ、某文芸誌へ書留・速達便にして送ると、始めての経験でもないが、折返し別の作品をみせてくれという編集部からの手紙と一緒に、原稿が返されてきていた。

したたかな衝撃で、根こそぎなけなしの自負心を傷つけられ、このままでは引ッ込みがつかないと二度目の作品にとりかかり、今度も駄目だったら生きていても仕方ない、この世なんかもう沢山だとして、親は既になく身内も弟一人きりといっていい物置小屋住いの風来坊は、ひと思いに死ねる気になり「偽遺書」と題した三十数枚の短篇を書き上げ、某文芸誌へ送った。月が変ると、作品が創作欄へ掲載され、あぶないところで私は命びろいするのであった。

翌年の春、悪酒のたたりから胃カイヨウをわずらい、両親の写真を飾った座敷へひと月あまり寝込み、関は洗面器に黄ばんだ多量の血を吐いて、こと切れた。

〔「亡友」昭和五十三年「群像」九月号初出〕

海に近い家

昭和初年の七月なかば頃であった。

W大学裏の下宿に神輿を据え、「私小説」や雑文など金に換えることをしながら、下宿代を滞らせる一方の庄太は、避暑でもするつもりで、汽車で二時間とかからない小田原へ、殆んど手ぶらで出かけて行った。

大正十二年の関東大震災後建てた、申し合わせたように真新しいトタン屋根の二階家平屋が両側へ並ぶ、舗装もしてない海岸通りに間口二間半の魚屋がある。表の方は生臭い匂いのするセメント張りの流しになっているが、別に小売店らしい設備はみえず、三畳に六畳ふた間きりの住居へ、庄太の父親の太吉に母親のゆき、一人きりのきょうだいである、二十七歳の庄太より十とし下の信次が暮らしていた。親共は五十歳にそろそろ手の届く年齢であった。

少しばかり、ポプラや梅の木もみえる地続きに、母家より背の高そうな、屋根もぐるりも、外側を黒ペンキで塗ったトタン板並べる物置小屋がたっていた。雨戸をはめた出入口をはいると、鼻先に梯子が立てかけてあり、宙吊りの棚みたいな場所へ上ってゆけ、そこにも階下の土間にも、商売道具の魚を入れる大小の箱と樽、近所からあずかり物の地曳網や朽ちかけた錨その他が積んであった。棚の南側は一箇所あいていて、藁を編んだ二枚の茣蓙を敷き、机代用の膝がはいるように片側の板をはずしたビール箱が置いてある。今年もそこを自分の居所と心得、ものを書いたり読んだり、誰に気がねなく午寝もしようと、原稿紙や万年ペン、僅かばかりの本・雑誌など一緒にした風呂敷包を抱えて、庄太は梯子を上っていった。

トタン板でかこまれた物置小屋の中は、天気続きで空気がゆだり、オール・バックに伸ばした彼の頭髪が、ジリジリ焦げつきそうに暑苦しい。こんな筈では、と庄太は出鼻をへし折られた形で、ばったり茣蓙の上へ横倒しになっていた。

「暑かんべえ」

と、出入口に顔をみせた父親の、漁師に似た太い嗄れた声である。

「ああ」

と、庄太は体を起こすのも大儀らしい。

「風がへえるようにしなきゃ居られねえなあ」

太吉は、立てかけてあった梯子を、子供の時から魚担ぎ、箱根の山坂を登り降りして、天秤棒をあてがった筋肉が石のようにかたまっている肩にのせ、物置小屋の南側へまわった。三メートルとない梯子の中途まで登ると、トタンのつなぎ目のすきまへ、右手の節くれだった頑丈な指を突っこみ、バリバリ板をはがし始めていた。間もなく一枚分毟りとられ、大きな穴があいて、山水を含むような海からの風が吹き抜けて行った。

そのあと、鰺のひらきなど干す時、海岸へ並べるヨシ簀《ず》が、空気の通りのよくなったところへカーテンみたいぶら下った。

太吉の皮膚にたるみもみえてきたが、身長五尺少々の、肩幅が広く骨太でずんぐりした体は、かつて病気らしい病気をしたためしもない。が、彼は格別甘党でもなかったのに、上下総入歯していた。安物のせいか、入歯はしっくり歯茎に合っていない様子で、しょっちゅう往来を歩いている時でも、しまり悪く尖った口元をもぐもぐさせる癖があった。

今度庄太が帰省してみると、父親の歯茎にぴったりした、新しく象牙色も艶々しいものに変っている。それと気がつき、彼は一寸借りを返したようなあんばいであった。

「お父っつぁん。いつから入歯をとり換えた？」

「十日ばかり前だな」

「そう。古いのはどうしたの」

「あれか。ありゃ、便所でくしゃみをしたはずみに穴へ落しちゃった」

親子は大口あけ笑い出した。


物置小屋から、防波堤の頭まで十メートル余あり、むき出しになった地面のところどころへ、黒ずんだ砂もまいた如く眺められた。雨にさらされて半分腐った、胴の幅一間とない木造の釣船が一艘、空地に置いてあった。

太吉の家の隣りも同じ平屋建の魚屋で、やはり店舗の構えがなく、店先をはいればいきなりセメントで固めた流しで、太吉が親の代から箱根の中腹にある大小二軒の温泉旅館へ出入りしているのと違い、隣りは主として近在の農村を回る魚屋であった。とはいえ、稼ぎ高はどちらも似たり寄ったりらしい。

物置小屋の西側は、三尺の露地を距てて、棟割長屋になっており、漁師、カマボコ職人、一番防波堤寄りには、片目の潰れた、町中をリヤカーひいて歩く屑屋がい、それぞれ三、四人ずつ家族づれで、ひと間しかない手狭な場所へ住んでいる。きまって入口の土間に釜や水ガメなどみえた。

東側にも大体同じ恰好の長屋が、背中を物置小屋の方へ向け、防波堤近くまで伸びていた。

信次は、売り物の魚を並べた箱のかけ縄へ、天秤棒を通し、ゴム長ばきで、店先から担ぎ出し、駆け脚でも十分以上かかる電車の停留所へ急いだ。そこへ待機している貨車へ担いできた荷を積んでから、大人・小僧等年齢もさまざまな箱根行の同業者と一緒に、貨車をひっぱってゆく小型な電車へ乗り、湯本駅から登山電車の手荷物室へ魚を移し、自分達も座席へ腰かけ、いくつもトンネルをくぐる急勾配を登って行った。乗客の多い夏場は、意地の悪い車掌が、定期券をもっているにも関らず、生臭い匂いが肌にしみとおる魚屋連を客の手前遠慮しろとばかり、まん中にある魚箱を積み重ねたところへ押し込むこともあった。

宮の下駅で下車し、信次は再び荷を担いで、十分とかからない二軒の旅館へ回り商売していた。前日、帰りがけ註文をとってくるきまりで、××人分いり用なら、鯛が三枚、車海老は五十本、刺身ものその他がどれ位というふうに見計らって、それだけの種類・量を朝の魚市場で買い入れる手順であった。旅館へ担ぎ込んだ魚は、一応板前の点検を受け、鮮度について駄目を出される場合もたまにあるが、値段はかれこれ口出しされず、売りそこねて小田原へもち帰るような目にも滅多にあわない。又同業者が得意先をせり合う競争は、箱根行の魚屋仲間に殆んど稀であった。身長は、小柄な庄太にも太吉にも負けない位伸びていて、小学校を卒業する早々、家出した兄の身替りとなり、親の商売を習い覚えてからまだ四、五年の信次でも、魚の売り込み方はひと通り間に合い、当人の甲羅にあまる気苦労など、親のうしろだてもあったりして、いうほどのこともなかった。が、箱根部落第一の多額納税者で、宿泊客の質も頭数もその右に出る旅館がないT屋は、出入り商人へ支払いのキタナイ点でも有名である。魚の売り上げ代金は、毎月小刻みに、内金内金で支払い、溜まった分はまとめて大晦日に皆済するが、その際年間の総売り上げの三、四パーセント値切り倒していた。相手が不承知とすれば皆済を渋るという寸法で、太吉としても背に腹はかえられず、みすみす純益に相当する金額を棒引して、年を越すしかなかった。そんな非道なやり方は、まるでT屋の家憲の如く、第一次世界大戦の好況期にも手加減されず、数十年来継続しているのであった。

魚市場は、十日目毎に待ったなしの勘定で、T屋の内金頂戴には、信次のみならず、父親が出向く折もあり、年一、二回、太吉が泣き落しに女房を使い、ゆきが縄のれん下げたT屋の勝手口から、とっつきの薄暗い砂糖袋など積んで置く六畳へ上り、一時間以上金を貰うまで待たされていたりもした。うつむき気味に控える彼女と、料理場の隅で魚の腹を包丁で開き、車海老の背わたを金串で抜いていた信次がひょっこり勝手口へ現われ、母親の姿に驚き、二人が眼をそらす場合もないではなかった。

「五十銭お呉れ。煙草を買うんだから」

と、庄太は子供っぽく口を尖らせ、母親にせびってみた。小田原へ帰ってものの十日とたたない前に彼は一文なしであった。

ゆきは、つまみ上げたような鼻筋に鉄縁の老眼鏡をずらせ加減、縁側の板の間へ坐り、太吉の短な半股引のほころびを繕っていた。更年期で全身に脂肪が回り、もともと五尺に足りない硬太りの体が、近年とみに贅肉をつけ、頭に白毛もちらつき出していたが、明治の女の習慣にならって、眉を剃り落しもしなければ、お歯黒も塗らず、前歯に二、三本金冠をひけらかしたりした。

「又かえ」

と、ゆきは、針をもつ手許を休め、彼女によく似たくぼんで小さい庄太の眼を、上眼づかいにのぞいた。

「ね、貸してお呉れよ」

「貸してなんか、ていさいのいいことばかりいって、お前はいっぺんでも返したためしがあるの?」

と、母親は斬り込むが、庄太は返答に詰り、ひしゃげた笑い方していた。

東京から実家へ無心の手紙など書いた覚えのない彼は、親兄弟を捨てて勝手に故郷を跳び出した不孝者が、そんな金のことまで頼めた義理でないといい子の振りもしてきた。小田原へ帰り親兄弟の提供するただめしにあやかり、ひと夏越す段になると、矢鱈気がゆるみ、しまりのない人間になりがちであった。

近在で聞えた大百姓の長女に生れたが、亭主の飲酒や女道楽に愛想をつかした母親が、ゆきの三歳の時離婚してしまい、その後継母の手にかかったものの、腹違いの弟妹が次々出来る生家がうとましくなり、ゆきは小学校も卒業しない裡に、子守奉公を振り出しとして、転々と他人のめしを喰いながら大きくなった。丁度はたちというとし頃に、箱根宮の下のワラ屋根ぶきの旅館へ女中奉公し、そこの料理場へ出入りする、甲斐々々しく耳白絆纏などひっかけたりした、二重瞼のギョロ眼で口数の少ない太吉を見染め、いい仲となって、半分押しかけ女房然と、しじゅうと小じゅうとのいる魚屋へ嫁入りするや、彼女はその日から好きな煙草もふっつり止めてしまっていた。

実母の慈愛を知らず、ひと中で他人の顔色をうかがいながら成長した女は、その身にヤキがはいっていて、しっかり気性がすわり、頭の回転も鈍くなく、手持無沙汰な時間が苦手な働き者でもあった。太吉にいわれれば高利貸しの家へも乗り込んで如才なく口がきけたし、婆婆っ気も相当で、若い時分からなにかにつけ亭主に指図がましい文句をつけたがる肌合の、二人よりないわが子にも下手に甘い顔はみせない母親であった。下宿屋へくすぶって、書く方の仕事も一向に芳しそうになく、いつになったら世間並に女房子がもてるものやら、さっぱり見当のつけにくい庄太如きは、腹を痛めて生んだ彼女にも、歯がゆい半人足でしかなかった。

それが、昨年の十二月にはいって間なし、W大学裏の下宿屋を訪ねる際は頼まれもしないのに敷布団の皮を小田原から持参し、いったん庄太の部屋を出て行って、近所の店で綿の買物し、大きな紙包を下げて戻るとゆきは息子の目の前で、厚ぼったくふくらんだ一枚の寝具を仕立てていたりした。


連日の好天気に、ヨシ簀のカーテンを巻き上げても、物置小屋の中は、海から風がろくすっぽなければ、のんびり午寝も出来かねる位むし暑い。

海水浴場へ行く元気もなく、『朝日』を一個手にしたなり、しごいたみたい痩せた体に、ランニング・シャツとパンツをしている庄太は、小屋からぶらぶら母家へ歩いて行った。午後の日ざしが寝ぼけまなこにまぶしい。

母親は、彼の姿をみかけると、留守番をいいつけて用達に出かけ、縁側の板の間へ上った庄太はいきなり肘枕で体を長くした。トタン板一式でかこまれた場所より、天井や壁で日光をさえぎる家の中はいくらかしのぎよかった。

暫くして、白い半袖の襦袢に半股引、ネルの胴巻した、坊主刈で頭髪が短い信次が、表の方からやってきた。庄太はつられて起き上り胡坐をかいた。信次は山から早目に帰っていた。

「兄ちゃん、将棋をやろうよ」

「俺あちっとも出来ねえな」

「出来なきゃ俺が教えるよ。——やろうよ」

信次もゆきに似て奥眼で小さく、太吉ゆずりの鼻筋は高くとおり、面長の顔に口許のしまりもあるが、兄弟共開いた眉は貧乏たく薄かった。信次は母親に生写しの色白で、庄太は父親そっくりに浅黒い。

信次は将棋盤などかかえてきて
「駒の並べ方は知っているけえ?」

「その位知ってるよ」

盤の上へ、大小の駒が型通り並ぶと、信次は坐った体を前へ乗り出し、王はこう、飛車はこう歩《ふ》は前に一つだけしか動けない、等々熱心に説明するが、庄太に始めからその気がなく、顔をニコニコさせながらうわの空に聞き流していた。

「さあやろう」

「よしきたっ」

勝負事の好きな弟と調子を合せ、信次が角の前の歩《ふ》を突き出すや、庄太もその通り真似した。以下、弟のする通りにやる兄の無能振りに、信次もいい加減くさくさしたところへ『魚買出控帳』と表紙に大きく達筆で書いた横とじの帳面を下げ、父親が縁側へ姿を現わした。ふだん家では滅多に笑い顔をみせない、むっつりしこったような面相しがちな太吉も、二人きりの子が仲よく将棋かと、眼頭のいやにきついギョロ眼を細くしながら、彼等の傍へ寄って行った。

「お父っつぁん。兄ちゃんはなんにも知らないよ」

「そうか。じゃ、俺がやるべえか」

「ウン。やろうよ」

「ほう。お父っつぁん、将棋なんか知ってたの」

初耳のことと、庄太はたまげていた。太吉は五十歳前とも思えない位ふけてみえる、造作の大きい中高の渋紙色した顔へ、はにかんだみたい薄笑いを浮かべた。六つの視線を集めた将棋盤に、それ程手垢にまみれていない駒がすいすい動き出した。

商売柄になく堅物で、たまに浪花節の寄席へ行っている、アルコール分は殆んどいけず、賭事などの手慰みとも遠ざかり、世帯をもってこの方女房以外の女の肌へ触れたためしもないような太吉が、仲間の寄合いで夜分遅くに帰宅すると、冷蔵庫からサイダーを二本もち出してコップにつぎ、寝床へはいっている庄太、信次、ゆきと順々に起こして呑ませる仕種にも及んだりした。

八月がきた。

例年にない暑さに、関東大震災後、大学を出ても満足な就職など覚束ない、労働争議もひんぱんな世間の不景気続きに関らず、首都から近い箱根温泉は、久し振り多少賑わった。

第一日曜の朝は、外の薄暗い裡から食事をすまし、太吉と信次はゴム長をはいてリヤカーをひっぱり、製氷会社に出向いた。そこの倉庫は、真夏でも零下何度で、箱根行の魚屋や八百屋、鳥屋の売り物が、足の踏み場もない程並び、むかつくような異様な臭気もこもっていた。

倉庫から運んできた、二箱三樽の魚は、氷の破片を浮かせた水のはってある、ふたつのハンギレと称する楕円形のたらいへあけられた。それから、信次が買出し籠のかけ縄に天秤棒を通して担ぎ、太吉は腰のバンドへ、細い二尺足らずな樫の棒の先っぽに金具が鋭く曲っている手鉤を挾み、魚市場のセリへ出かけて行った。

庄太もランニング姿で、素足のままセメントばりの流しにおりていた。二時間近くたち、魚市場でセリ落した魚が流しへひろがると、庄太は太吉のいいつけで中腰となり、手始めに車海老だけをかき集めて数え出した。冷たく艶々しい海老を、右手に三疋、左手に二疋握れば、ひとひと、ふたふた、みっちょと、数を読んで行く魚屋言葉が、おのずから庄太の口を衝いて出た。彼もはたちになるまでかれこれ四年間、魚屋のあととり息子として父祖の業を嗣ぎ、まだ登山電車の開通していなかった時分は、麓の湯本駅から、魚屋連共々草鞋ばきで早川の渓谷づたい、夏でも冬でも荷を担いで山坂を登って行った。その彼が魚屋の棒を折ってしまったのは、商売の閑に父親の眼を盗み、小説を読んだり書いたりしていたところへ、近くの小屋から監視する刑事の眼も光る、山羊鬚生やしたアナキスト宅を訪問し、そんな噂がカゼで寝込んでも枕もとからソロバンをはなさないT屋の老主人の耳へはいり、小田原署のさし金もあったりして、旅館への出入りを差止められたからであった。思いがけない成行に、親共は庄太を死んだ者と諦め、小学五年生だった信次に、からくも望みをつなぐ有様であった。当時親子が仇敵同然の間柄となって反目した傷痕は、今もアザみたいに当事者へ残る筈であった。

　製氷会社の倉庫から出してきた魚と、市場で買ったものを一緒にし、都合四箱の荷が出来る。T屋・B屋と魚は区別してあるが、三流旅館へ売る分はいつもT屋の四分の一に足りなかった。

「お前一人で両方へ回れるか」

「うん。大丈夫だよ」

と、信次は父親の助力を辞していた。太吉は矢立のチビ筆をもち、通帳に先ずT屋へ行く魚の売値をつけ出した。鮪一丁いくら、鯛五枚いくら、車海老五十いくら、その他一々値段と品目と数量を明細に書いてゆく。毎年大晦日に、総売り上げの三、四パーセント毟りとる仕打ちを骨髄に刻んでいながら、太吉はまるでT屋の忠僕の如く、安売りしてきた。大体元値の一〇パーセントうわのせして売るきまりで、安く仕入れた魚でも余分に儲けようとはせず、高値で手に入れれば、時々元価より安くして売っていた。いわば石橋をたたいて渡る式の手堅く欲のない彼の商法であった。

「B屋の鮑はいくつだった?」

「六つだよ」

「もっとありゃしねえか?　もう一遍勘定してみろよ」

「間違っちゃいないよ。早くしてくれよ」

と、信次の気がせいた。愚図々々していれば貨車の発車時間に遅れた。

太吉は合点のいかない顔つきしながら、B屋へ売る鮑の数を信次のいう通り帳面につけていた。はたで二人をみている庄太にも、なんか弟に遠慮する父親の様子が眼に止まり、ひっかかるものもあった。彼が魚屋していた頃は、気に喰わないことがあれば、雇人の前もかまわず、カッとなって、彼の横っ面を殴りとばす太吉であった。ゆきにも屢々手荒な真似をしており、夫婦が血相かえて摑み合い、幼少の庄太をふるえ上がらせた往時も珍しくなかった。

ほら、手拭といって、ゆきは信次に山へもって行くものを手渡しする。まだ産毛のみえそうな面長の顔を彼は赤らめ、歯を喰いしばり、腰を入れて、重い荷にしなう天秤棒を担ぎ上げる。

「大丈夫か」

と、軒下へ出ばり、太吉が言葉をかけていた。

「ウン」

と、答え、右手を天秤棒にからませ、しっかりした脚どりで信次は歩き出し、貨車の待機する電車の停留場へ急いだ。

ゆきは、T屋の帳場へ、今日もって行く魚の品目や数を電話で通告し、太吉と庄太は、ハンギレや流しに残った魚の跡始末にかかる。箱や樽へ氷と一緒につめた魚は、リヤカーに載せ、庄太が製氷会社の倉庫までひっぱって行った。

帰ると、三畳と六畳の境へかけてある、円い柱時計は九時を過ぎていた。太吉はだまって五十銭銀貨一個息子に呉れた。

山から帰って、晩めしをすませると、信次はラジオを聞いていたが、聴て裸になり、紺絣の筒袖を着、人絹の黒っぽい兵児帯をしめた。ひとえものの着物の裾が彼の膝頭すれすれに隠していた。ノートや教科書ではち切れそうな、小学校時分使ったズック製の鞄を天秤棒代り肩へかけ、町立の商工補習夜学校へ出かけた。母親がたっての所望で入学した学校で、通学し出してから信次は三年目であった。

夕凪に海からの風もなく、背筋まで汗ばむ宵の口である。庄太は街中をひと回りしてくる気にもなれず、縁側の板の間へだらしのない坐り方していた。六畳にゆきがいて、鉄縁の老眼鏡をいつものように鼻の先へずらし気味、一種はいっている新聞の朝刊と夕刊をまとめて読み始めた。紙面を眼鏡の近くへひっぱり、膝頭を合せてちゃんと坐ったまま、熱心に読みふけっている。小学校も満足に出ていない彼女には、判じかねる字面ながら、なんとかこなすらしく、三面の記事に飽きない。

「ごらん。ね、一番てっぺんに変った女のことが出ているよ」

と、ゆきは、新聞紙を庄太の手へ回してよこした。

「成程ね」

と、彼は頷いてみせた。

一号活字の見出しをつけ、三段に組まれた記事には、夫はピアニスト、妻は声楽家というひと組で、二人は東京・上野の学校に在学中から出来合っていたが、双方の親が彼等の結婚に反対するところから共々独逸へ留学し、ベルリンの教会で挙式も済ませた。する裡、妻君が独逸人の音楽家とねんごろな仲となってしまい、夫は絶望のあまりピストル自殺をとげるが、裏切り者を憎みきれないその遺書も紙面に出ていた。

「わざわざ外国まで出かけて亭主を殺したようなもんだ。女も寝醒めが悪いだろうな」

「だって仕方ないよ。外国人はやさしいから女がなびいてしまうんだよ」

「そうかなあ――」

「今迄の女はバカだったのさ。だまって男の下敷にされていたのさ。これからは女も学問したり、自分でたべられるだけの職をもったりしてやってゆくよ。英吉利あたりじゃ女の代議士や弁護士もいるそうだね。女だって自分の力でたべたり着たりして行ければ、これまでのように男にかじりついていなくてもすむよ。その方がよっぽどましだ」

「しかし、おっ母ちゃんはもう手遅れだ。じきお婆さんになっちまうから――」

「わたしだってね、お前という者が出来なかったら、ここの家にはいなかったんだよ」

そんなことまでゆきはいい出した。

事実、彼女も子にひかされ、不足とする太吉と連れ添ってきた側面がある。実母に捨てられ、継母の手で育った女は、自分が出たあと、庄太にまで同じような泣きをみせるに忍びなかった。

太吉夫婦はよく喧嘩したが、痴話喧嘩の方はさっぱりで、第三者を交えた親の情事におびえることなく、庄太も信次も大きくなった。

「雨が降ってきたね」

「いいおしめりだ。日照続きだから在（農村）ではよろこんでるよ。——そうだ。信次の傘をもってってておやり。濡れると可哀そうだ」

雨傘を二本かかえ、ぽつぽつ落ちてくる雨の下を庄太は歩き出した。

海岸通りから、右に折れ、旧東海道の大通りへかかれば、ボデーを柿色に塗ったバスが、のろのろ箱根山の方を向いて走っていたりした。

粗末なアーケードをつなぐ、新開地じみた、新しい平屋・二階建がでこぼこに並ぶ商店街を通り、だだっぴろい国道一号線を横切って少し行き、狭い路地へ曲ると、トタン屋根の小さな商工補習夜学校の、一つしかない教室の前へ出る。

上背も服装もさまざまな生徒が二十人ばかり、机の前の木の椅子へかけ黒板の方を向く、あけぱなしたガラス戸ごしに明るい教室で、ゆかたを着た半白毛の大柄な、庄太の知らない教師が、熱意のこもった調子で喋っていた。教師のすぐ眼の前の机へ上体をのめらせ加減、紺絣のひとえを着た信次が突っ伏し、かすかな鼾さえかいている模様である。昼間の商売の疲れが出て、そんな恰好するかと、庄太は胸をしめつけられ、反射的に教室中を物色したが、弟と同じ姿勢の生徒は一人も見当らない。

彼は、憮然とした面持ちで軒下近くに佇んだ。そんな庄太の姿に霜降りの夏服着た、よく海岸通りの家から家へ御用をきいて回る葉茶屋の小僧が、機転を利かせうしろからなにかいいながら、信次の背中をこづき出した。信次はすぐ顔を上げ、教室の出入口の方へ寄ってき、兄弟顔が合うと、一重瞼の小さな信次の眼の白眼が、赤く充血しているのに庄太はものもいえず伏眼がちに雨傘を手渡した。信次もぼんやりきまり悪そうな微笑を浮かべて受取った。

雨は大粒の本降りとなって行った。


朝、早起きの魚屋は、夕めしも外の明るい六時頃に喰ってしまう。

そろそろ食事の時間かと、庄太が居所としている物置小屋から、母家へやってき、縁側に上りかけるや、三畳の方から、卓袱台がガラッと大きな物音をたててひっくり返り、続いて
「舐めやがるなっ」

と、殺気だった太吉の怒鳴り声である。同時に、顔色をなくして蒼白となったゆきが六畳を走り抜け、庭の方へとび出すつもりか、縁側の板の間を踏んだ。彼女のあとを追ってきた太吉の右腕をひっ摑み、庄太が父親を立ち止らせるところへ、信次も必死にその左腕へ縋りついた。

「よした方がいいよ」

と、兄弟はしきりに止めだてした。ゆかたの袖を捲くり上げる母親の、牛乳色した右の二の腕が、つけ根近く一面に白っぽく焼け爛れているのを、信次が見つけて仰天し

「おっ母ちゃんの腕があんなになっちゃった。あしたから誰が洗濯するのよう――」

と、金切り声を上げ、ワッと泣き出してしまった。

只ごとでない気配に、西側の棟割長屋の主婦が三、四人、裏木戸からはいってき、太吉夫婦の周りに集まった。

気勢をそがれた父親の腕をはなし、庄太は三畳へ回って、ひっくり返った卓袱台をかたづけ、茶碗や皿、煮魚香のもの箸など、畳の上へ散らかっているものを拾い始めた。信次も気を利かし、自転車にのって、町端れにある魚屋の家へ急いだ。庄太より二つとし上で信次が山へ行くまで長い間太吉の店を手伝った大男の子なしの女房は、ゆきのお気に入りで、彼女同様三流旅館のB屋に女中奉公したこともあり、亭主が自前の商売を始めてからも、時々女手のない家へ出入りし、ゆきに重宝がられていた。母親の左腕が、当座使いものにならなくなったとみてとり、急場を彼等夫婦に訴え、信次は助力をたのみに行ったのであった。

片袖を捲くったなり、縁側にくっついている狭い台所へはいって、糠味噌桶から冷たいものをすくい出し、ゆきは鉄瓶の熱湯を浴びた火傷の上へ塗りつけた。終ると台所から出てきて、六畳のまん中へ放心したように胡坐をかいている太吉のうしろ側を通りすがり、きりっとした言葉遣いで

「あなた、いいとしをしてこんな乱暴な――。はずかしいとは思わないですか」

と、たしなめにかかった。

「何ぬかしゃがる。——災難だっ」

と、太吉も、負けずに切り口上の捨台詞である。

聽て、ゆきは、カマボコ職人の主婦につき添われるように、縁側から裏の方へ出て行き、主婦達もそれぞれ長屋へ引きとり、家の中に太吉、庄太の二人きりとなった。急にひっそり静まり返った空気に、かえって息苦しくなる勝手から、庄太も縁側から下駄を突っかけ、通りかかってのぞいてみると、物置小屋の土間へ莫蓙を敷いて坐ったゆきが、水色の襷がけした主婦に、黄色いべとつく油薬を傷口へ塗って貰っている最中であった。

防波堤へ架かる、丸太の上に古板を並べただけの、勾配のゆるい橋のようなものをくだり、黒砂の海岸へ降りた庄太は、波打ち際まで行って、両脚を砂利の上に投げ出した。

箱根の山の端へ近づく太陽に、うねりの穏やかな夕凪時の海面は、いぶした銀色にきらめいているが、水平線へ横たわる大島も、その右手につらなる小さな島影もみえない。群にはぐれた二、三羽の鷗が、翼も重たげに、舞い上ったり波間へおりたりしており、浜上げされた釣船の周りに人影も稀である。

十分ばかりして、海岸から戻った庄太には、格別海の空気を吸った甲斐もなかった。太吉も、身じろぎせずうつ向き加減、六畳へ固く胡坐をかいたなりである。彼は庄太の顰めた顔つきをみ、ネルの胴巻きから、小さな鱗が二つ三つこびりつく蟇口を摑み出し、五十銭銀貨一個息子に受取らせた。

「腹が減ったんべえ。なんか買って喰えよ」

と、いい、銀貨を握り、父親の思いやりにほだされつつ立ち上った庄太は、便所へはいると、声を殺して泣きじゃくっていた。暫くして、出てきた彼に、父親がここへと眼顔で促すので、庄太は太吉の前へ膝頭を合せ、鯱張った坐り方した。

「おめえは、東京で先ざきやって行ける見込みがあるのか。——どうよ?」

と、太吉は、息子の意中を打診した。口ごもりつつ、庄太はその心配は無用、石にかじりついてもなんとか、と彼自身に希望するようなことを述べていた。

「そうか。東京でうまくゆかねえようだったら、小田原へ帰って、信次と一緒にこの商売をやったらどうよ」
四、五年前魚屋の棒を折り、親共へしたたか煮湯を呑ませた庄太へ、そんな註文を出す父親の気心が、彼には全然のみ込みかねた。
「俺がいねえでも家の中がうまくやって行けたら、俺よそへ行って働きてえと思う。働いた金を送って家をすけることにしてな。俺あそうしてえ——」

小心者が思い詰めて、家出を云々する言葉に面喰らい、庄太は思わずひと膝乗り出し

「そんなことがお父っつぁん出来るもんかね。くっくっくく――」

と、庄太は、ひきつけたみたいのどを鳴らし、太吉のいい分をはぐらかそうとするが
「俺あ恐ろしい。おっ母ちゃんにあんな怪我さしちまって――。おめえも知ってる通り、ああいう気性のおっ母ちゃんだ。俺の仕打ちを根にもって、これからどんな剣幕になるかわかりゃしねえ。家の中は闇だ、だから俺あ、よそへ行って働いて――」

「お父っつぁん、そんな気の弱え――」

「俺も、一家が無事に暮らせる為に、これ迄結構腹をさすってきたつもりだ。商売に行ったたって、家が可愛いと思やこそ、涙をのんで辛抱してきた。でなきゃ今日までT屋なんか出入りしてこられるもんか。――そんなことにゃ察しがなく、としをとってもなおらねえおっ母ちゃんのあの気性だ。こちとら貧乏人にゃ、家が丸く納まってゆくのがなによりだ。家の中がうまくいってりゃ、外で苦労したって埋合せがつく。――俺あ酒もいけねえたちだし、ひやしたサイダーをおっ母ちゃんやおめえや信次に呑ませ、みんながニコニコする顔をみるのが俺の正月だ。――一家の平和の為に、家でも腹の虫を殺して折れて出りゃいい気になって増長しやがって。――庄、俺あこのとしになっても自分の寝床は毎朝自分で上げてるし、おっ母ちゃんの機嫌が悪けりゃ喰った茶碗まで洗う。――こんな男が世間に二人とあるか……」

と、太吉は、ギョロ眼を苦茶々々しばたき、不覚の涙をこぼすのである。庄太の前で、父親

が手放しにそんな愁嘆振りをみせたためしは、かつてないことであった。

「今のうちはまだいい。俺一人我慢すればなんとか納まってゆく。だがおっつけ信次が嫁を貰うようになってみろ。おっ母ちゃんがああいう気性じゃ、嫁にきてがあるめえ。きても姑におん出される位が落ちだ」

「まさか、なんぼおっ母ちゃんだって――。あと二、三年もすりゃ、五十過ぎた婆さんだあね。根性だって段だんねれてくるよ。信次の嫁がきても、おっ母ちゃんの為に家の中がもめるようだったら、俺がおっ母ちゃんを引取ってもいいからね――」

と、その場の出まかせではない迄も、魚屋からいきなり売文渡世へはいったりして、いつ喰いはぐれるやらお先真暗な庄太の分際では、彼の背のびした申し分など、あまりあてにならない気休めに等しい。

それを頭から鵜呑みにして
「庄、今いったこと忘れるな。いいなあ――」

と、太吉は、念をおし、さながら息子に合掌せんばかりである。

「あんな男みたいなおっ母ちゃんだけどね。去年敷布団の皮なんかもって俺の下宿へきた時、お前が家にいないし、信次もまだひとり立ちが出来ないし、お父っつぁんの楽する間がない。本当に気の毒だと、おっ母ちゃんそういって涙をこぼしていたからね」

と、庄太は、親の仲をとりもつような口数を多くした。

「火と違って湯だし、大して心配するほどの怪我でもあるまいと、カマボコ職人の主婦さんもいってたよ。——傷に利く温泉はないの?」

「湯河原のままね湯がいい」

「じゃ早く行った方がいいね。お父っつぁんには余計な物いりだろうけど」

「なにそれ位のこたあ構やしねえ」

と、太吉はいうが、彼には出費が相当打撃でありそうな顔つきもしていた。

庄太が立上がると、太吉はつっかい棒をはずされたみたい、白髪のまじりかけた五分刈頭を片手でかかえた儘、畳の上へごろりと横になった。

程なく、なんとか両方掛持ちして、炊事や洗濯の面倒もみようという、魚屋の子なしの女房の承諾を得た信次も家へ戻ってきた。

庄太は街角のパン屋から、父親に母親、自分に弟の分と、十五個ばかり餡パンを買い、袋をかかえながら、暮なずむ海岸通りへ帰って行った。

物置小屋の宙吊りにしたような棚で、ゆきがひと晩寝る段取となり、茣蓙の上から、ビール箱で間に合せた机がかた寄せられ、原稿紙や散らかっていた本・雑誌等も、風呂敷へひとまとめにされた。二十匁ローソクも持ちこまれた。

太吉が、バリバリ手摑みにはがしたトタン板一枚分のあとへ、相変らずヨシ簀がカーテン代りにぶら下るが、まくり上げれば海から風がはいってきて涼しい。

敷布団の上へ坐るゆきを見舞に、両側の長屋の主婦連が、一人で或は小さな子をつれて、梯子を上ってきた。その夜は借り受けた小振りな蚊帳へ信次もはいり、母子が一緒に寝た。

翌日、太吉から湯治費を手渡しされ、ゆきは着換えなど持参し、腹違いの弟妹二人小田原で世帯をもっているが、ふだん滅多に往来もなく、単身熱海線で三十分足らずの湯河原へ行き、安宿へはいった。白く濁った利目のある温泉につかり、庄太がひと晩泊りがけできたりして、約十日後傷口の肉も上がり、彼女は海岸通りの家へ帰った。

土用波がたたず、台風らしいものも襲来しない八月末には、防波堤の下の草むらで、蟋蟀《こおろぎ》がなき始めた。

ひと月分の下宿料に足りない金を父親から貰い、庄太が東京へたつ日も近づいた。


［「海に近い家」昭和五十四年「海」二月号初出］

独語

今回の地方選挙で、十歳とし下の弟は、六回目になる、小田原の市会議員に立候補した。ことによれば、こん度が最後の協力になるかも知れないと、八十歳へ手の届く私は改まった気の入れ方になっていた。

ご清祥のことと存じます。

舎弟信次儀市会議員選挙に立候補しましたのでよろしくご支援のほどお願い申します。

と、紋切型で手短な依頼文を、小学校の同窓で生き残っている者、ろくすっぽ年賀状の交換さえしていない土地の知合いその他へ、十通ばかり書いて封筒へ入れ、家内が買物のついでに小田原旧市内から投函すべく、仮寓を出て行った。すると私は、早速卓上電話の前へ陣取り、老眼鏡かけた眼で、紙へ記して置いた姓名・電話番号を拾い、遠くなった耳へ受話器をこすりつけながら、三十分以上ついやし、十五名近い知人宅へ、ペコペコ何分頼むと申し入れていた。

弟が始めて議員に立候補したのは、戦後十数年たち、世間もようやく落ちつきかけた頃である。家出した長男の私に替り、彼はずっと親譲りの魚屋していたが、商売を嗣ぐ一人息子もはたちになり、大小二人の使用人もいて、五十歳へ大分間のある彼の体が結構閑になったところで、二人の娘はそれぞれ私立高校へ通学したりして、なんとか小商人の世間ていは保っているものの、うだつの上らない、家屋敷の他にこれといった資産も持たぬ境涯から、ひと羽はばたきしてみたい娑婆っ気が、おのずと骨がらみになり勾配だった。市政に格別意見なんか持ち合せず、左にしろ右にしろどだい政治方面とは無関係な人間が、さしずめ選挙資金の算段さえ当人心許ないのは承知しながら、敢て手ぶら同然に打って出ようとするのに同調し、弟を焚きつける同業者、大陸の戦地や南方の島から無事帰還した旧在郷軍人仲間、親戚の中にも加勢する者があったりした。

第一回目の選挙事務所は、台風のためトタン屋根を吹き飛ばされたので、長い間独り暮しの住居とした物置小屋から、私が移ってきたふた間しかない関東大震災直後亡父の建てたボロ家へ置かれた。海岸通りに向く表の三畳へ、弟の二号で自活する、二十代なかばの色の白い大女が、女房気取りで控え、陣中見舞とばかり、白米を包んだ大風呂敷など持参した、近在へ店を出す魚屋もまざる支持者の面めんに、如才なく茶菓の接待していた。私も、弟の名前を大きく白抜きにする安手なポスターを、分担した分の百枚余、二日がかりで市内へ貼りに歩き回り、かつてどんな選挙の場合でも、投票所などへ脚踏みした覚えのないスネ者が、今度ばかりは自分の一票を無駄に出来ない——。

新参で特定の地盤も金も持たぬ魚屋風情が、当選でもしたら奇蹟だ、と陰口を利く手合いもいたが、選挙の結果、三十四人のビリから三番目に弟ははいっていた。その晩自宅で内輪の祝賀会があり、酒席につらなるひと前も憚からず、私はでんぐり返ったりして、手放しな有頂天振りであった。

第二回目は、二千数百票獲得し、頭から十三、四番目で当選し、さも男になったというふうに、弟は父親譲りの鼻を余計高くした。折から、板子一枚下は地獄の譬えどおり、先方の事情で、明治初年この方、代だい得意先としてきた、箱根で指折りの旅館から、出入り止めを喰う仕儀になった。その他にも二軒旅館をもっているとはいい条、一緒にしても年間魚の売り上げ高は追われた旅館の三分の一に足りなかった。

窮余の策として、芦の湖へ近い仙石原に血路を開くべく、弟の一人息子はダットサンに魚箱を積み重ね、高原の処どころにみえる、旅館、会社の寮、別荘、住宅等へ、売り込みに回り始めた。そのへんは、主として仙石原部落の中心に、鉄筋コンクリート三階建の家をもつ、村一番の金持ちという評判の高い魚屋の縄張りであり、魚屋仲間に古くからある、同業の得意先へ勝手に割り込んではならぬという、一種の協定も出来ていたが、追い詰められた弟一家の場合、背に腹はかえられなかった。

高原でのあきないは図に当って、二年もたつと銀行から金を借り出し、芦の湖を近間にみるあたりへ、鉄筋コンクリート二階建で、しっかりした構えの出店を持ち、男女の使用人もふえ、新規に建つ観光ホテル、寮等へぬかりなく販路を拡げて行った。夏場にかたよりがちな商売としても、大きな旅館へ出入りしていた当時とさして遜色のない銭儲けとなり、高校を出、小田原の百貨店の事務員していた、恋仲の娘と結婚したりもして、先甥の滑り出しは上じょうとみえた。

ところが、得意先を荒らされた仙石原の魚屋が、仕返しに出たものの如く、方角違いの熱海から山越えして、大型トラックに荷を満載し、芦の湖畔づたい高原へ、見知らぬ魚屋が数名現われ、毎日元値を切った安い魚を、大小のホテル・寮その他へ売り捲り始めた。得意先を開拓するため、当座の損失はあらかじめ計算してかかる相手の商法に、みるみる甥の方は後退を余儀なくされた。出来てから二年とたたない裡に、コンクリート仕立の出店は人手に渡ってしまい、使用人も一人より残らず、箱根の中腹にある二軒の三流旅館へ、僅に出入りするのみであった。

再起をはかり、ひるまず甥は、魚市場で仕入れた冷凍魚の紙包をダットサンに積み、河岸を換えて、小田原市の内外に散在する食堂や工場、自家用車のたまり場にある休憩場等を回り始めた。先行の同業者より値引する商品は結構捌ける模様で、次第に御殿場近くの自衛隊、平塚、厚木方面へまで販路を拡げ、仕入れの方も大企業の水産会社と直接取引する段取りに漕ぎつけていた。従業員も新しく雇ったりして、相当冷凍食品の販売は見込みがありそうであった。

市会議員が貰うボーナスを大事にして、選挙資金に用意した三回目の選挙は、中以下の順位で当選した。弟がひと息つくと間もなく、私がかれこれ二十年間神輿を据えていた物置小屋が跡形もなくとりこわされ、そのあとへ仙石高原に建てた出店とは較べにならない、二階家だが外側はペンキ塗りの板張りで、バラックに毛の生えたような事務所が新築された。階下は商品を貯蔵する置場である。机に向う男女が三人、配達係も四人となり、甥はダットサンを運転して、県下各地の得意先回りをしたり、事務所の二階で来客とも応対していた。

私は当時六十歳を過ぎながら、長年月にわたるやもめ暮しから足を洗い、三十近くとし下の、勤人と死別した子なしの若後家と、思い切って世帯をもった。周りに田圃もみえる県道ぞいの旅館の別棟で、旧式な台所もつくふた間を借り受け、卓袱台へ並ぶ念入りな手料理なるものに殊更舌鼓を打ってみたりして、人目にお構いなく、老若連れ立って新婚気分に浮かれ気味、映画館や百貨店の並ぶ盛り場へよく脚も運んだ。ひとつ覚えの「私小説」がついでに若返って生彩をとり戻したみたい、当座作品の需要が多く、一石二鳥を地で行くものの如く当人いささかしたり顔であった。

冷凍魚販売は、利潤が薄いのみならず、競争者も滅法多い。安定した商売にはなりにくいかして、新口の工場へ売り込みの話がまとまるより早く、昨日まで出入りしたところから俄に締め出しを喰ったりしていた。集金に行った従業員に行先をくらまされもして、仙石原で失敗した苦い轍を踏み、甥が手広く県下へ拡げた販売網も、意外に早く行き詰った。運転資金にもこと欠き、水産会社や魚市場への支払いが滞りがち、弟名義の家屋敷を二番抵当に、銀行から金を借りてやり繰り算段するのみか、先達までボロ家に物置小屋がつながっていた、亡父の名義のままだった五十坪余の地所まで、抵当物件に変った。

月給は遅配となり、男女の従業員が勝手に事務所へ姿をみせなくなる。ある晩、よび寄せた私を、弟は自宅の二階へひっぱり上げ、間もなく女房が紅茶をもってきたが、なんかふだんと異る四畳半の空気であった。弟は坐り直して、私の前へ頭を下げ、両手を畳につき、かつてみせたこともない他人行儀となり、二百万円貸してくれ、と切り出していた。間口の狭い「私小説」書きには大枚の金に違いなく、私が虎の子としている銀行預金のほぼ三分の二に相当するものを、いきなり弟から所望され、小商人上りらしく金銭に細かい小心者は、いのちを呉れと白刃を突きつけられたかの如く、びっくり仰天してしまい、紅茶の茶碗をもつ右手がぶるぶる震え出し、どうにも口がきけなくなり、聴てその場へひっくり返ってしまったらしい。

小男の私は、ひと回り大きい弟にかかえられながら階段を降り、店先へ敷かれた寝床に横たわるや、完全に前後不覚となっていた。駈けつけて介抱する家内にも気づかず、ウンウンひと晩中唸りどおしで、翌日、弟が懇意にしている病院へ担ぎこまれた。約ひと月で一応退院したものの、母親譲りでもある脳出血の後遺症により、右半身が不随となり、跛ひきひき杖にすがって歩行するしかない、一種の不具者に変っていた。

病人の兄から、金を引き出すなんか到底出来ない相談と、最後の切り札にしていたものを諦めた弟は、程なく自宅の二階家も事務所の方も、地所ぐるみ抵当流れとして、債権者に取り上げられた。倒産した一家は、弟が旧在郷軍人仲間で、選挙の際は毎度参謀役をつとめる、同年配の材木店主がもつ家作へはいり、台所と六畳ひと間だけの裏長屋に、孫共ともはなれ、女房と二人だけという身状となった。彼に処女を提供し、自分で大体生活費を稼ぎ、弟の子種も始末してきている大女との関係は、落ち目になっても継続しており、女房にしてみれば依然として立つ瀬のない成行きであった。

甥夫婦は、乳呑児を入れて三人の子供を連れ、差押えをまぬがれた家財道具共ども、小田原の町端れで山裾に近い、部落にみつけた借家へ移転した。失ったものの代り、借金があらまし帳消しとなったが、居喰いしておられる身分ではない。三十歳過ぎた甥は、窮場からどうしてはい出したものか、日夜そのことで気がせいた。

父親とも相談し、元手の余計かからない商売を物色した揚句、一人で持ち運べそうな屋台店で、ホット・ドッグ、タコ焼等を売る、零細以下の商売に着目した。売り子も女手一人で間に合うそんな店を、自家用車の集まる休憩所や売店の軒先へ、売り上げの何十パーセントか提供して、出させて貰う段取りにかかった。みみっちい冷凍魚販売でひと苦労した経験がものをいい、甥の立回り振りにソツはなかったらしい。

地元を振り出しにして、箱根の遊園地、スケート場等の片隅で、立喰出来る屋台店は段だんふえ勾配、近間の高速道路にそう各休憩所、真鶴、熱海、伊東から、一年もすれば伊豆半島のいくつかの峠へ、屋台店と限らず、間口のごく狭い、ホット・ドッグその他を売る小店が、開業する発展振りであった。

甥は又才覚して親戚、知合いの金をかき集め、数ならぬ株式会社も拵らえ、自身は取締役ということになっていた。住居の近くに物置小屋じみた家を借りて事務所をもうけ、小型運搬車や単車に乗って、遠近の屋台店等で売るものの原料など配達したりする、従業員の人数も次第に多くなって行った。仙石原の場合といい、冷凍食品の場合といい、いつも甥の滑り出しは鮮かなものであった。

会社の社長に奉られた弟は、引続き四回目の市会議員選挙に立候補した。息子の手違い故としても、倒産後親子が別居し、裏長屋に女房と二人で暮らす人間が、身の程知らずもいい加減にしろ、とばかり、彼の出馬を罵倒する声も聞かれたが、魚市場が目と鼻の間にある、カマボコ店の所有に変った前の住宅のすじ向うの空家を選挙事務所とした。候補者の姓名を大きく書き出した立看のみえる家を、跛ひきながら、一回程私も見舞い、弟の女房やその二号に代る、遠い親戚の後家から、干菓子などふるまわれたりしたが、ひっそりしていて、一時間近く坐っていながら、箱根行で昔一緒に荷を担いて坂路を登ったよしみのある、私よりとし下の魚屋と、もう一人地下足袋ばきの中年者の顔をみかけただけで、事務所の毛バ立つ畳表もじめじめしている気配に、不吉な予感を買いがちであった。

ボディの塗り色もはげた宣伝カーに、運転する者と同席し、マイクを口にあてがい、必死な金切り声を上げて遊説に回る弟へ、変らぬ支持者があって、投票箱をあけてみると、彼はビリから八番目に当選していた。

高度成長とやらの好景気に、甥の始めた屋台店や小店の数はのび、伊豆半島の突端から、三保の松原、更に遠く伊勢神宮のほとりにまで進出した。小田急沿線の新開地へ、住宅ローンを利用し、冷・暖房つきの二階家も新築し、弟一家は数年振り、ひとつ屋根の下に起伏するはこびとなり、甥も大分世間面をよくしたらしい。

一、二回、一万円に足りない持ち株の配当を貰っている私は、彼等とうら腹に、このところさっぱり落ち目であった。中風病みの不自由な体になってから、書くものもくすぶりマンネリ化し、作品の依頼が減り、数えどしの七十歳となれば、文芸誌や新聞へ、年間短文を一つずつ書いているのみである。

弟の借用をまぬがれた銀行預金に、文学全集の印税など多少はいり、早晩暮らし向にさしつかえもしないとはいい条、多寡がしれた貯えは益ます心細いものになるばかりであり、原稿の依頼は徒《いたず》らに待ちくたぶれるしかない。ようやく世間から飽かれ、殆んど見向きもされなくなった老作家の肩身の狭さに明け暮れて、性根もいじけてしまい、創作意慾はとみに萎えていた。作品を好遇された雑誌社へ持ち込んでみる気にもなれず、満更駈け出しの分際ではあるまいし、今更そんな真似なんかするのは、いい恥曝しと負け惜しみ、外聞まで少なからず気に病むのであった。

作品を拵えさえすれば、顔見知りの編集者の許へ、自分が持ってたのみに行く、などとみかねて家内も助勢した。が、私はどうにもペンがとれない。手も脚も出ないような無能振りでは、家庭の空気がいやでもきしみがち、家内の面相も険悪なものになるばかりである。祖父みたいな父親をもって生れる子が不憫と、私がいい出し家内も得心して間なし、私の方は性を失った男となってしまい、長い間空閨をかこちながらも一緒にいた相手にまで、素気なく見捨られそうな雲行きであった。彼女に家出されたら私の身の置きどころはないに等しい。跛ひきながらの歩行は益ますのろ臭く、右手のしびれが嵩じてペンも握れず、何かと立居振舞に歯痒い思いをしている中風患者では、かつてのように間借りでもしながら、外食で空腹を塞いでゆく、身軽な独り暮しに還るよしもない。といって弟の借金をことわる口実に病気したみたいな、又下手に近寄れば共倒れになるばかりと、彼等の窮状を遠見にしてもきた手前では、家内に逃げられたからと泣きっ面下げて、冷・暖房つきの家のしきいもまたぎかねた。たれ流しの病人ではないにしろ、不自由な体をかかえては、有料・無料の老人ホームへ行ったところで、満足に受けつけるかどうか、怪しいものであった。

最悪の場合を先どりし、然るべき身の処置について考え、その際適当な場所の心当りをいろいろ探してみたりする事が、生きている間の支えとなっていた。

吐く息吸う息も、凍りがちな毎日を送る折から、これまで全然執筆したことのない、某文芸誌の記者が自宅にみえた。「評判なんかどうでもいい。自分に納得のゆくものを書いてみろ」と、短篇を依頼して行った。私には思いがけない助け船であった。

九死に一生を得た形で、手始めに某文芸誌の新年号へ三十枚ばかりの短篇を書き、引き続き、断崖をはい上る文字通り生死を賭けた気合を傾け、旧作をネタにした百枚近い力作を三篇程同誌へ寄せていた。五十年一日と見做された「私小説」に、面目を新しくする面が出て、世評も悪くはなかったらしい。弟が五回目の市会議員選挙へ立候補した前年、久し振りの作品集も出、旅館の別棟から、木造平家建で、狭い風呂場もある借家へ引越していたりした。

よりが戻って、家内の顔つきも軟らかいものになり、機嫌のいい時私をつかまえ「八十歳まで長生してね」と、囁《ささ》やくようである。そんなふうに出られればほだされ半分、いずれ私という者に先立れ、子なしで自分名義に書替えられる家屋敷もなく、葬式をすませば、いくらも手許へのこらない金をふところにして、是が非でも再出発を余儀なくされる彼女の身の上が思いやられ、一寸死んでも死に切れない気持になる場合がないでもない――。

甥も世間並みに、石油ショックのあおりを喰ったが、要領よく伊勢や三保の松原等、遠い出先の店を整理した。熱海の魚屋が仕掛けた仙石原での不意討ちや、冷凍食品販売の不手際で、したたかに苦汁をなめた彼は、四十歳過ぎてようやく筋金のはいった商人ともなり加減、あせって商売の間口をむやみに拡げることもなくなった。ホット・ドッグやタコ焼などあきなう屋台店や小店の商売は、かえって不景気向きのものらしく、首都圏内に着ちゃくその数をふやして、ここのところ十パーセントを下回るが、株の配当も大体順調であった。

弟の方も、この前の選挙で振り出しに戻り、ビリから三番目だったが、一回も土つかずの好運である。

私は息を吹き返し、年間どうにか三、四篇の短篇を書き続けたりして、安上りなつましい二人暮しのついえも間に合っていた。ひと月ばかり、昨年カゼから肺炎を併発して入院した他、これといって老病に見舞われることもなく、家内に寝込まれたら、忽ち家の中は闇になるが、彼女も十分自身の体に注意し、体温計を根気よくワキの下へ挾んでいたりした。日夜同じ屋根の下にいる、年寄りの健康状態の方が余計気になるふうで、しょっちゅう神経を尖らせ、私はうっかり空咳一つしかねる模様であった。

今年になってから、犬歯を入れて七本だけ抜け残っていた歯が、二、三本グラグラしはじめ、ものを喰うのに手間どる勝手だが、家内がそれとはっきり気づかないのをよいことに、私はなんとかごまかしていた。


小田原駅に近い、行きつけの魚屋へ寄ったり、投票依頼の手紙を郵便局のポストへ投函したりして、家内は正午少し過ぎに帰宅した。

これまで弟の選挙事務所開きなど、顔出しした先例のない私は、午めしを喰い、日課としている午睡の床へはいり、三時頃になってから、家内共どもタクシーに乗り、出かけて行った。バスの便もある、国鉄の鴨宮駅は近いが、線路をまたぐブリッジの高い階段の登り降りに、息切れがして難渋し始めた私は、家内にすすめられるまま、近頃車をよぶ癖をつけていた。

日ざしはかげり、真向いに見る富士の白い山容もぼやけ、箱根の外輪山がすき透った薄墨汁色に横たわり、だだっぴろい舗装道路の両側へ、排ガスを浴びて色の冴えない満開の花をつけた梨の木畑、菜の花やれんげの花のかたまりなど、きれ目がちにたつ化粧瓦屋根の家屋やペンキ塗りの建物に挟まれていた。聽て、流れの涸れた酒匂川に架かる立派な鉄筋コンクリートの橋を過ぎれば、同じ背丈の黒松が土手に並ぶ、二宮尊徳ゆかりの堤へ出、間もなく小田急電車の踏切りもこえ、少し行ってから、トタン屋根平家建の古ぼけたみすぼらしい、栢山駅前まできた。

天を衝くようなバカ高い立看が、雑然と並ぶ自転車預り所の傍にみえる。大きく「川崎信次事務所」とセピヤ色の楷書で書きたててあった。駅から歩いて五分とかからないところへ、弟の家族の住む、小ぢんまりした冷・暖房装置の家もある筈であった。

焦茶色の徳利セーター、色の褪めた茶っぽい一張羅の背広にズボン、ズックの短靴をはいて、黒いベレーを薄くなった白毛頭にかぶる私が、左手に握るステッキをたよりに、小柄な体を車の外へひきずり出しにかかるや、甥が走ってきて、私を抱きかかえるように両手をのばした。水色のスーツを着、中ヒールをはいて、背丈だけは私と似合いの好一対とみえる家内は、事務所開きを祝う、持参した日本酒の一升罎が二本入れてある、飴色のさげ袋が重そうであった。

たっぷりした頭髪の手入れも行届く、肩幅の広い長身に紺の背広を着て、くすんだ色気のネクタイしており、父親に似て鼻筋が太くて高く、日焼けした甥のエラの張り気味な顔面には、相当ヤキのはいった四十男の逞しさもうかがわれる。今回は金をかけたから、この前みたいあぶない目に遇う気遣いはあるまい、などといい出す甥の立ち話に、私は肩を軽くしていたが、ついでに選挙資金の出どころや、その金額を糺してみる気になれない。

家内から、祝いの品物を受取り、いったん事務所へはいったが、甥は私の依頼でポスターを五枚ほど持って引返した。手にとってみると、二十年前第一回目の選挙に、二日がかりで市中へ貼り回った、候補者の姓名だけ白抜きにしたそれと、これとは較べにならず、弟の顔のカラー写真をきれいに印刷し、裏に薄いベニヤ板まではりつけた贅沢なポスターである。肩書にみえる、出来たての政党の、年若な党首は、小田原地方も選挙区としており、弟が新自由党候補云ぬんの文字も、そんなつながりかららしい。家内はポスターを軽くなったさげ袋へしまった。

署名してくれ、という甥にひっぱられ、私はステッキに縋り、屁っぴり腰となり、ぎくしゃくした右脚をひきずりながら歩き出していた。とりどりの自転車が一杯立てかけてある場所と隣り合せ、黒ペンキもはげたトタン屋根の、みるからにバラック然とした、コンクリートで固める土間ばかりむき出しに広い、がらんとして埃っぽい片隅に、粗末なニス塗りのテーブルが置いてあり、その向う側へ甥の女房が、椅子に行儀よく腰かけている。私が近寄ると立ち上り、彼女は丁寧な頭の下げ方してみせた。

倒産後、手狭な借家生活にこりこりしてから、自分で生命保険の外交役を買って出、高校、中学校へ通学中の三人の子供の食事の世話洗濯など、もっぱら姑におしつけ、彼女は自家用車を運転したりして、大した報酬をせしめている訳でもあるまいに、その仕事を止める様子がないらしい。教育ママといった柄でもなく、台所仕事は面倒臭がる方で、外の風に当りながら跳び回るのが、いっそその人に合っているようで、甥の身辺にも亦浮いた噂がなくもなかった。

彼女は頭髪に派手なパーマをかけ、撫肩のすんなり上背のある痩身へ、ぴったりしたピカピカ光る茄子紺のワンピースをまとい、心持ちしもぶくれした長目な顔を白く塗りこくっているが、なんかキメの荒そうな、ざらざらした感じである。右手にだけ黒い手袋したまま、左手に筆をとって、たどたどしく帳面に署名し終り、腰を爺むさく伸す私に、彼女は世馴れのした口数を多くしていた。

事務所開きは、二時間も前にかたづいており、がらんとした低い天井の下に、人影が殆んどない。幼稚園通いと覚しい子供が二、三人、ジュースの罎など並んでいるテーブルの周りにみかけるだけである。弟も既に遊説へ出かけたあとと知れた。背広姿で私よりひと回り位とし下らしい初顔の人と、甥の店の従業員と自己紹介する若者とに挨拶を交わし、私は明るい表へ出て行った。選挙の度毎、眼色をかえて弟の票集めに狂奔する由で、彼と関係を続ける五十歳前後の年恰好となった大女は、家で留守番している女房同様、しまいまで姿をみせなかった。

待って貰ったタクシーへ、私達二人がのり、車が動き出すや、中年者の甥夫婦は軽く手を振っていた。ひと前では控え目にしがちな家内は、車の中でもあまり口を利かない。

きた時と同じ道を帰って、酒匂川へ架かる報徳橋を渡り、だだっぴろい道路から、少しばかり道幅の詰る県道へ曲り、富士や箱根の山容を背にしながら、中里の部落へかかった。

ワラ屋根のかわり、毒どくしい緑、朱その他の化粧瓦屋根をつらねる大きな構えの農家や、門のわきに犬小舎みたいな車庫がみえる小住宅が並び、四つ角には一軒、雑貨、煙草、菓子類等売る、旧式な店もみえたりした。

自宅に五十メートルとはなれていない、理髪店の前で私達は車を降りた。店主は、四十歳近い信州生れとある男で、何から何まで一人で切り回しており、あすこは下卑たアンチャンガリしていけない、と口を尖らす家内の苦情を毎度聞き流し、私が三、四月振りに出かけて行く店であった。

真向いにある八百屋から始めようと、家内に上着をひっぱられ、車の通行を気にしながら、よたよた県道を横切った。

二間半間口の店先に、売り物の野菜、果物類があまり並んでいず、両側の棚に光る鑵詰類も歯が抜けたみたいまばらである。鴨宮の駅前あたりに続ぞく出来て行く、スーパーマーケットへ客脚を奪われ、いきおい小売り商売もむずかしくなる模様で、八百屋の長男・次男は私大や高校へ通学しており、あとを嗣ぐ様子もなかった。五十歳を出た競輪好きの主人が、市場での仕入れや商品配達にあたり、小造りで姿のいい働き者の女房が、店先の買もの客を上手に捌いていた。

あかりのない暗がりの店内に、人影もないので、買いつけの馴染客に違いない家内は、ずかずかレジーのそばまではいって行った。と、白っぽいものをひっかける、ずんぐりした日焼け面の主人が、のっそり現われ、中腰の姿勢となって、家内の用件を聞き、納得するらしい先方の身のこなしを、店先から見届けた私も、よろしくと手袋した方の手をぎごちなく上げてみせた。

承諾を得た場所は前と同じである。建物の東側は筋ばりそり返ったハメ板張りで、上からおさえている細い木のサンへ、ポスターを吊す算段であった。建物の右手は、庭ともつかぬ空地になっており、ところどころへ散り際の色が褪めた花をつける八重桜、若葉になった杏の木、ひまわり等もみられ、商品の仕入れや配達用の小型トラックも置きっぱなしにしてある。空地の向側は「日通」の大きな倉庫で、間に三十坪とないネギ畑が挟まれていた。ハメ板へひけらかしたものは、県道を車や徒歩でやってくる人眼につき易かった。

先年、タンノウ炎の大手術したあと、めっきり白毛がふえ、分けた頭髪の半分位、白い粉をふりかけたみたい色変りしていて、私より鼻筋も父親とよく似て高く、母親譲りの両眼は二人共くぼんで小さいが、比較的造作の整った弟の、としの割に皺も眼立たない面長の顔を色ずりにする、ベニヤ板で裏打ちしたポスターは、両はしに短かい針金がとりつけてある。上背のない家内は、その細いものを、ハメ板とおさえのサンのすき間へとおすべく、爪先き立ちとなった。私もステッキつく左手はそのままに、手袋した方で息をつめながら、ハメ板へポスターを動かないように押しつけている。彼女の顔色が緊張に白粉をとおし余計白っぽくなり、切れながな眼許がヒステリックに光ったりして、尋常でないその面持ちに、私の胸のあたりもしめつけられる勝手であった。

両はしの針金がようやくサンの下をくぐり抜け、家内が手も休めず結びにかかるところへ、私の遠い耳に「川崎信次――」「二十年の実績――」「×××――」と、マイクを使ってわめくような若者の声が近づいてきた。眼だけを県道の方へ向けてみると、小型運搬車の上へ、候補者の姓名をセピヤ色の地へ白く大きく横書きにした、四角なワクまがいの看板を載せ、運転台のうしろへおそろいの黄色い上っぱりをひっかける男女三名が腰をおろし、交互にマイクごし怒鳴り立てて行く――。

家内はポスターを吊し終り、あと四枚さげ袋に残っている分は、この前どおり住居の近所に頼んでみるつもりの、二人がハメ板の前から遠ざかりかける途端、ネギ畑にそうコンクリート仕立の歩道を、ゆっくり八百屋の方へやってくる弟の姿が眼にとまった。茶っぽい背広、肩から斜めに、白地へ候補者の姓名を記した幅のある襷じみたものをかけ、この頃贅肉は少なくなりながら、上背も横幅もやはり私よりひと回り大きい、重心の低い体格である。彼はにこやかに日焼けした顔を和ませつつ近づいた。老若二人で、懸命にハメ板へポスターを吊す仕種を、車から弟にみられているな、と見当つけ、彼へ与えた効果を読んで、こみ上げるよろこびに私も疼き加減である。

相変らず事務所開きに出向いてこない私を、自宅でつかまえるつもり旁、四年前も弟はほぼ同じ時刻に宣伝カーへのり、人手に渡った海岸通りの二階家とも、栢山駅からそう遠くない新式な住宅とも、等距離に四キロ余距たる、票にはあまりならない中里部落までやってきていた。候補者の姓名や、二十年の実績云ぬんなどと、マイクをとおして賑かに繰り返す車が、県道を途中からユーターンし、ネギ畑の側へ回ってきた。

市会議員選挙の結果、四十四名の候補から、三十六名当選して、弟はビリから十番目という順位であった。


［「独語」昭和五十四年「群像」七月号初出］

一泊旅行

甥の案内で、諏訪湖畔へひと晩泊りのドライヴすることになった。泊りがけの旅行など、私達には数年振りのためしである。

五月の末日、午前九時頃、甥夫婦が買いたての茶褐色をした自家用車へのり、拙宅まで迎えにきていた。四十歳過ぎた甥は、肩口のがっちりした長身に、半袖色模様のシャツと紺のズボン、日焼けした顔に円い大きなサングラスをかけており、年恰好も背丈もあまり違わない彼の女房は、地味な色気のネクタイした白っぽいブラウスに茶色のスカート、甥とお揃いの眼鏡をし、そのため整った面長な顔の割りに、小粒な眼がかくれたようである。

私のところは、まん中へんがとみに薄い白毛頭へ黒いベレーをかぶり、ワイシャツの上から色の褪めた小豆色のカーデガンをひっかけ、右腕と同様痺れて外側へねじくれている脚へ、左脚と同じズックの短靴をはき、八十歳へ手の届く中風患者然と、覚束ない体を左手のステッキに力を入れてひきずるみたいにしながら、よたよた茶褐色の車へ寄って行った。

大ぶりな下げ袋を手にした、私より三十近くとし下の家内は、子供を産んだ経験のない女らしく、贅肉の目立たぬ骨細な体へ、上下共純白の装いして、踵の高くない夏向きの靴をはき、車の座席へ私と並んでかけた。

運転台には甥夫婦が陣どり、ハンドルを握る甥と私とは、斜めうしろ前の位置になっていた。灰を流したような曇り空で、富士の山容はまるきりみえず、真向いに薄墨色した箱根の起伏のけわしい外輪山がくっきり横たわり、北側へ視線をまわしても、丹沢連峯は雲の中に姿がない。

県道から、だだっぴろい、出来てから間のない舗装道路にかかると、車は程なく東名高速道路へはいり、新緑に色どられた山の斜面を車窓近くに眺めたり、河原が広く流れの涸れかけた酒匂川を、部落の屋根ごし見下ろしたりした。

追おい両側へ低い山並みがせまってき、川筋のみえがくれする渓谷づたい、車は勾配のやや急な道路を登り切り、視界が開けてきた。御殿場から、高速道路をはなれて、右手へ方向が変り、家屋のろくすっぽみえない、富士の裾野の草原地帯へ進んで行った。

「この間は配当をありがとう」

左の耳が殆んど聞えない私の地声はふだんからやたら大きい。

「あ――」

と、甥は軽く頷いてみせた。株主の一人として、税込み一万円に足りない金額を、今年も郵送されていたのである。

「だが、配当なんか貰わなくってもいいな。金が稼ぐんじゃなくって、従業員が働いて儲ける金だ。そっちの待遇をよくすることだ」

「ええ。――だがねえ」

と、株主の投資を無視した私の申し分に、甥はやや当惑気味な面持ちである。

曾祖父の代から続いていた、箱根の温泉旅館を出入り先とする魚屋をしくじり、河岸をかえて冷凍魚の販売を始めると、一時は厚木・平塚方面の工場、食堂等へまで販路を拡げたが、勘定あって銭足らずの譬どおり、不馴れな商売に手違いが多く、従業員には集金をもち逃げされたりもして、三年少したつかたたない裡、魚市場へ近い自宅も、私が二十年余ひとり寝起きしていた物置小屋も、それぞれ地所ぐるみ抵当流れとして債権者へとりあげられていた。甥は女房に乳呑児を入れて三人の子供共ども、町端れの小さな借家へ移り、父親の方は別居して、つれ合いと二人きり、ひと間と台所しかない町中の裏長屋へはいり、肩身の狭い思いを余儀なくされた。そうこうする間に、甥は元手の余計かからない、ホット・ドッグやタコ焼など立喰させる屋台店に着目し、窮場からはい出す段取りとなった。軽くて持ち運び自在な店に、係の女手も一人で間に合う商売は、結構彼の図《ず》に当り、地元の小田原から箱根山中のスケート場・遊園地、伊豆半島の両海岸、三保の松原あたりまで、次第に屋台店の数をふやして行き、勢いに乗じた甥は、零細以下の株式会社も拵らえ、自身は取締役となり、父親を社長に据えたりした。

先年の石油ショックもうまくかわし、首都圏の各処、山形県下へも小店をだす発展の仕方で、小田急沿線に冷・暖房装置のある二階家を住宅ローンで建てもし、一家がかれこれ四年振り、ひとつ屋根の下に顔を合せるところまで漕ぎつけた。その後、格別商売上の躓きなどみることなく、十パーセント以下の配当ながら、毎年欠かさず出せるあんばいともなり、とし若で血気盛りの甥は、この頃倒産前後味わった苦汁を、ともすれば忘れがちになり易かった。

「親爺は今度市会の副議長に選ばれ、手放しで喜んでるらしいな」

「おかしい位嬉しがってるよ」

一人きりの弟は、四月の地方選挙の結果、六回目になる市会議員の席をかち得、年齢の点では同勢三十六名のうち、上から三番目であった。

「副議長に奉られたのを花道として引退ということになるかな。この次の選挙も大丈夫間違なしとは限るまいし、追っつけ七十だしね――」

「親爺はやめても議員の恩給がはいり、会社からも社長の月給が出るから、喰うには困らないけど」

「そうか。じゃ、今度きりで引退ということにするか。——俺なんか死ぬまで引退出来ないなあ」

と、私はふと自脈をとり、愁嘆じみた口振りである。功なり名とげた文士として、国から年金など貰っている訳でもない平作家は、僅な銀行預金の他、なにひとつ目星しい資産もなかった。つンのめるまでペンをはなしかねる所以であり、旁残り少ない精力を根こそぎ原稿紙の上へ出し切ってから、心残りなく永眠したい所存でもあった。

「伯父さん、世界のどこかへ行ってみたい気はないかね」

商売の見学と称し、海外旅行ばやりの折から、アメリカの西海岸やフィリピン等へ、単身又は従業員と一緒に出かけている、甥らしい問いかけである。

「そうさな。パリーへ行って、ルーヴルの油絵をゆっくりみてきたい」

「宿泊料や食事代なんか別にすれば、二十万円足らずで行ってこられるそうだよ」

と、ハンドルを握り、前方を向いたままいう甥の言葉に、耳よりなと上体をのり出し
「そんなに安く——」

と、家内も持ち前の細い声を弾ませる。

「でもなんだな。パリーは清掃人のストとかで、街中ゴミの山らしいなあ」

左右の対立する政治勢力が、互いにシノギを削り合う都会は、美術鑑賞にあまりふさわしい

場所といえそうもない。

「まだ一寸しかみてないが、外国のどこへ行っても、びっくりするようなことは少なくなったね」

「俺はもう、うちで座椅子へよりかかり、テレビをみているのが一番だな。日本国内と限らない。世界中の景色がよく画面にうつってくる。先達もイランやイラクの廃墟が出ていたね。頭から黒い布をかぶる女や、砂漠にテントを張って移動する昔ながらの遊牧の民もみえたし、塩が乾いて土色に色変りした湖もうつったね。——新聞のテレビ版なんか眼を皿にして読んで、こっちの註文に合う番組を探すのがひと苦労だよ」

鉄道線路をまたぐ、もよりの駅の高い階段の上り下りにさえ、息切れがして難渋しがちな私は、今年にはいってから、自宅をはなれたためしは二度しかない。四月に小田原城址の桜をみに行った折と、少したって、弟が市会議員選挙に立候補した当日、その事務所びらきに遅れて顔出しした折とである。日なたをいとう羽虫みたい、一日中朝から晩まで、殆んど狭いみ間しかない家の中へこもりきりの私は、テレビの画面を恰好な窓と心得、瞬時に明滅する内外の風景・風物を追いかけ、渇を癒すのが日課の一つになっていた。

今回、諏訪行のさそいを受け、体に羽根でも生えた心地であった。甥にも二つ返事してみせたが、心配性の家内は桜見物や選挙事務所への往復にのったタクシーの中で、私の顔色の普通でない変り方を並べたりして、山国の遠い湖まで二日がかりでドライヴした日には、ヒビのはいっている体がどうなることやら、とハラハラするばかりでなく、思いがけない交通事故にぶつかり、私か家内かどちらかが大怪我しないものでもなかろうなどと、ひと晩泊りの遠出をめっぽうあぶながり、再三私の脚をひっぱった。昨晩もひつこく悪どめするのに業を煮やし、明日の今日となって諏訪行をことわれるか、運を天に委して行ってみるんだ、と私はまるで地球の果てへでも旅行するかの如くいきり立ち、いやに悲壮がった文句を口走ったりした。


段だん登り勾配となり、道路の両側へ常磐木の林が現われたり、うしろへ去ったりして、再び草原が拡がると、路傍にごく小さな細長い建物をみかけた。上の方へ白ペンキで、ホット・ドッグと看板を書き出すが、無人の店のように戸はしめている。

「あすこは客がなくって駄目だったね」

と、甥も建物の方へ眼を向け、そんなにいった。

「車ばかりすいすい通るだけか」

「近くにゴルフ場もあるんだけどね――」

雲間から薄日がさしてきた。籠坂峠の急坂を登るほどに、ごつごつした感じの、白い富士の頂上から五合目あたりまではっきり現われる。白樺の涼しい木立も、洋風の建物の合間に眺められ、数年振りにみる山中湖が、いぶしたエメラルド色の湖面を右手に拡げ、二、三モーターボートの影も指呼された。

埃のたたない舗装道路は、聽てそのまま河口湖を横切る橋とかわり、渡ると御坂峠《みさかとうげ》へ突き当り、車は急傾斜をよじ登って、長いトンネルにはいり、甲府盆地の方へ出て行った。

ゆるい勾配の下りで、沿道に桐の花の満開を見、遠く小さく八ヶ岳連峯が薄ねずみ色にかすみ、若葉のまじるぶどう棚も、人家の数より多く眼につき出した。

甲府の町端れへはいったところで、甥は車を停め、通行人に県立美術館の所在位置をたずねていた。そこへ昨年から納まって評判の高い、ミレーの作品二点をみることも旅行の目的であった。

戦災で焼失した市街の建物は、大半新しくけばけばしいブリキ屋根に変ったが、小豆色した美術館の、出来て間がない鉄筋コンクリート二階建の洋館は、周りへ木立も多く、たっぷりした敷地内にある。

車を降りて三人は歩き出し、甥は駐車場へ車をあずけに行った。道路からひっこんだ美術館の入口に少し手前で、私が立小便を始めると、甥の女房は傍を遠ざかり、家内だけうしろへ立ち止まっていた。

「沢山出たわねえ」

「うん。我慢していたんだ」

私は彼女にひっぱられるようにして歩き出した。

甥が、美術館ではサンドウィッチ位より喰いもののない由をただしてき、甲府駅前へ行って食事すべく、一同車にのった。小田原を出てから二時間近くたっていた。

ゴミゴミした市内の、入りくんだ道路にも勝手知った甥は迷うことなく、国鉄の駅前広場へ出た。木造平家建の駅は、昔のまま小ぢんまりしたものだが、卵色に新しく塗装されている。

駅前のソバ屋で、四人共、名古屋のキシメンによく似た汁椀つきのうどんを喰い、勘定は家内が受持った。前もって、途中の飲食代だけすべて私側の負担という約束であった。

美術館へ引返し、家内にズキズキ痺れる片腕をかかえられるようにしながら、出入口の階段を上り、エレベーターで二階へ行った。

ミレーの絵を正面に飾る、天井の高い室では、近在の衆と覚しい、袖なしの綿入れ絆纏をひっかける老婦や、着崩れした背広によじれたネクタイの年寄達が、七、八人ゆっくり動いていた。作品は木製の囲いにへだてられ、監視する大女が一人椅子にかけ、窮屈そうな姿勢である。

ミレーの制作は、二枚共煤を塗ったみたい、暗っぽくぼやけていた。「種蒔く人」の方は、人物の顔も眼鏡をかけていない老眼にはさだかでない。「羊飼い」は、夕暮れの田園風景で、羊の群れる草原へ沈む赤銅色の太陽がじっくり描かれており、晩鐘にうつむく野良着姿の男もよくわかった。前世紀の古風な油絵らしく、なんかぴったりこない感じのものであった。

出入口前の、小砂利をしいたところへ写真機の脚を立て、甥は私をまん中に、私より背が少し低い家内、私より上背のある彼の女房と並ばせた。シャッターを切るや、彼は走ってきて女房の隣りに立ち、そんな動作が二度ばかり繰り返された。

駐車場へ置いてあった車へ、美術館の前からのって甲府市街をはなれる。程なく、灰色の雲になかばおおわれた高い山が鼻面へせまってきたり、八ヶ岳連峯が右手に大きく立ちはだかったりした。山間をうねる一車線の道路にそい、とりどりのペンキで色揚げしたブリキ屋根の、小田原へんとあまり変らない家屋が、殆んど切れ目なく並んで、富士見、小淵沢部落も通り過ぎ、茅野へかかる頃には、残雪が白線を幾すじもひく、寄り集まったみたいな八ヶ岳連峯の裏側が仰がれ、諏訪の狭い盆地へくだる道すがら、彼方に北アルプスの鉛色に光る山並みも望見された。

市内へ入ると、道路は狭く曲りくねり、ゆるい斜面にしがみつく人家がスキ間もない位たてこんでおり、火災が起きればひとたまりもなさそうである。書店の店先で、雑誌を立読みする制服の多いのに、甥は「どこも同じだなあ」と感嘆した。

灰白色がかった、小波も立たない湖のほとりへ出てから、車は湖畔づたい暫く行って右折し、両側へ小売店が密集する可成勾配のある坂路を登り始めた。途中、甥は停めた車から上体をのり出し、歩行者に国民宿舎山王館へ行く道順をたずねていた。少しして神社の横手を過ぎ、予約してある、草色した鉄筋コンクリート三階建の建物へ着いた。

自動式の扉を装置する出入口近く、樹皮のなまめかしい白樺が五、六本かたまり、若葉を微風にそよがせている。私は立ちどまり、樹影にうっとりした。

エレベーターを二階で降り、天井の低い廊下を行って、畳敷きの部屋へ案内される。テレビや日本式の鏡台等みえるが、床の間はなかった。部屋に続く、安物のじゅうたんのべた床へ、テーブルを挾んで、どっしりした肘かけ椅子が差向いに置いてあった。

広いガラス戸ごし、朱、青、茶等ペンキ塗りのブリキ屋根が、でこぼこ群って眼下にみおろせ、樹木の気配も稀で、諏訪湖は細長く前方へ横たわっている。湖を取巻く山は申し合せたように低く、名物の裏富士は見当もつかぬ。ホテルや旅館の集まるあたりはそれらしく遠望できるが、対岸の道路に豆粒然と車が動いているのみで、部落らしいものはさっぱり見当らない。

ひと休み後、甥夫婦は別の部屋へ引き取り、私達は楽ないずまいとなって、自宅で日課の午寝する要領よろしく、私は座布団を枕がわり体を横にした。家内も暫く鏡台の前へ横っ尻となり、念入りな仕方で、顔の化粧崩れなどなおしにかかったりした。

鯉のあらいや、虹鱒のてんぷら等、わりと盛り沢山な食事をすましてから、四人揃って、私達の部屋へ戻った。甥と私は肘かけ椅子に納まり、十歳近く違っていても、一寸見にはどちらがとし上だかわかりかねる女二人は、部屋のはしへ腰をおろし、伯父・甥の声高な話振りに調子を合せる和やかな面持ちである。

子なしの相手に気がねしてか、甥夫婦は高校や中学へ通学する三人の息子娘の消息など、オクビにも口外しない。屋台店なんか経営して、年間五、六億円の売り上げをみるまでに漕ぎつけた商売上の屈託も、棚上げした如く気軽な口数の多い甥が
「マニラ湾の落日は噂にたがわず大したもんだったね」

と、頑丈な上体を前へのり出す。

「そうだってな」

私も、戦争中徴用されて、フィリピンに行った従軍作家の文章を読み、そんな光景を知らぬではない。

「太陽が二倍の大きさになって海へ沈むんだ」

「俺は戦争のしまい時分、徴用工員としてね、父島へ連れて行かれたがね」

と、私がいい出すや、甥の女房は、チョークで小さな眼の周りを薄く隈どる顔を心持ち曇らせ
「兵隊でなくって工員?」

と、甥の方を向いた。

「うん。工員は兵隊より下だね」

と、彼は小声で説明した。

「戦争が終った年の十一月の月始めに、帰還したが、帰りの船の甲板でみたんだ。月が海へ吸いこまれると同時に、反対の方角から太陽がのぼってくる。日の出と月の入りを一緒にみた訳だな。――空を仰ぐと半分は夜明けの明るいピンク色をし、半分は薄暗く澄んで、その境目がまっすぐ頭の真上へ出来ているんだ。あとにも先にもお目にかかったためしのない景色だったなあ」

調子づく私は
「大円盤というのを知ってるか」

と、たずねるが、一人も頷く様子がない。

「円盤は玉だね。島も陸地もまるきりみえない海の上では、みまわしても水平線ばかりで、水平線にまん円くとり囲まれた大きな玉なんだな。すれ違う汽船が遠くの方に小さくみえると、水平線のはしから地球の外へ落っこちてしまいそうでね――」

成程と聞く側も息を呑んでいた。

「諏訪湖は冬になると結氷するが、日本一高い湖だそうだね」

と、いい出す私の知ったかぶりも、三人には全然初耳らしい。

「野尻湖の方がここより高いような気もするがね」

と、私は家内の顔をのぞいた。母親譲りでもある脳出血に見舞われ、右半身が不随の体となる前年、そのことあるをムシが知らせたか、私は三泊五日の長い旅程をたて、湯田中、志賀高原、赤倉と曾遊の家内を案内役にへめぐった。赤倉からバスで長野市へ向かう間、白波の立つ野尻湖畔にも立ち寄っていた。

「同じ山の中の湖だけど、野尻湖は海に近いし、こっちの方が高いでしょう」

と、家内がいうのを受けて
「そうだ。今思い出した。野尻湖は凍ったことがないと、掛茶屋の女将さんもいってたな。――厚い氷の張る諏訪湖の方が、やっぱり野尻湖や十和田湖より高いかな」

夕闇へ湖畔の山が消えてゆくにつれ、岸辺につらなる遠近の燈火がきらめき出した。ひと握り、赤いネオンもまじるあたりは、上諏訪の繁華街と知れたりした。

「熱海の夜景もいいなあ」

「あすこは海からだね」

「俺は網代からぶらぶら歩いてきて、魚見崎へんでね。日が暮れたばかりのところへぶつかったな。びっくりしたよ。海岸から山へかけ、夕もやの下から、チラチラきれいな灯があぶり出されるんだ――」

甥は昨年来、肝臓の手術後好きな酒も煙草もぷっつり止めており、私も健康に不為とあり、三年前から煙草とも縁がなくなっていた。

湖畔の夜景を眺めながら、小一時間気楽に話し込んで、甥夫婦は自室へ引揚げてゆき、私達は部屋にくっついている、妙な色気のバスへ互いにはいる気もせず、早くから床へはいった。

ふだんとかわりない老若二人の寝像であった。


午前九時近く、国民宿舎を出、岡谷の町端れから、天竜の流れと辰野・豊橋間を走る電車線路を左右にみながら、車は伊那谷へ向かいひた走りに走った。

残雪が白くかすむ南アルプスは、前山をへだてて遠く、中央アルプスは車窓の近間に続き、急流の趣きをみせつつ天竜川は次第に大きくなり、田植えをおえたばかりの水田も、川添いに眺められた。

沿道へ切れ目がちに続く家屋は、おおむねブリキ屋根の、山家らしい風情など薬にしたくもなく、商店街が特にけばけばしい。

天竜川に架かる鉄橋近くの食堂へより、味噌おでんを喰ってから、ガソリンも補給し、飯田市内を通りぬけて、流れが断崖にくびれる新緑の天竜峡を見物した。甥は写真をとるのに大《おお》童《わらわ》であった。

車が国道づたい山へかかると、行けども尽きぬ杉の木の植林地帯である。昔からの三《さん》劦《しゅう》街道とはいえ、車のすれ違えない位狭い場所あり、ところどころ未舗装の路面もむき出しになっていた。車の通行はたまにしかなく、沿道や谷間に人家も稀で、傾いた炭焼小屋が路傍へ置き捨ててあったりした。

「昔ならオイハギでも出そうな道だな」

と、いう私は、単調きわまる山の中にいい加減うんざりしている。

「国道××号線とも思えないね」

と、曲りくねった道路に血眼の甥も、口をとがらせ気味である。

運転台にかける彼の女房は、仮寝を装ってくったりのびており、家内の方も座席の肘かけへ顔を突っ伏せ、長いことみじろぎ一つしない。

ジグザグのはげしい登り降りに音を上げるかと、ハンドル握る甥へ気合いが入れたく、私はとしも忘れて、昔はやった流行唄を大声に歌い出す。が、息が続かず、すぐ止んでしまう。又、やり出すが満足に歌えない。四、五回繰り返す裡には、当人の気持も滅入ってしまった。

どこまで続くとくさくさした植林地帯もようやく終りに近づき、道路が下り勾配一方に向かって、両側へ平家建の家が少しばかりつながったり、古風な鯉のぼりの吹き流しがみえてきたりした。地図を時どきのぞきながら運転している甥は、道順を間違えた訳でもなかった。

愛知県下へはいり、諏訪豊橋線の電車線路を再びみかけてから、山は遠のき平地がひろがって行った。ブッポウソウの鳥名で聞える鳳来寺下の、ひと筋街ながら、構えが大きい商売屋の多い通りへきていた。

食堂へ寄るつもりで、甥は店の狭い駐車場に茶褐色の車を停めた。彼に続いて私もステッキついてよたよた歩き出した。雲切れした空から、照りつける午後の日ざしに、黒ずんだ小砂利がまぶしい。

出入口の煉瓦でつくった階段へ片脚かけ、振りかえると、背の高い甥の女房に横抱きされるような恰好して、家内が俯きがちにやってくる。私は心許なく二人を待った。

洋風の焦茶色した扉の内側では、ピンクのワンピースをすんなりした体にまとい、眼のふちをあくどく色どる、顔立ちの整った若い女が立っている。とし甲斐もなく眼色をかえる私は、やっと人里へきた心地でもあった。食堂には三、四十人かけられる椅子が並び、客は一人きりのようである。まん中へんのテーブルを挟んで、差向いにかけた。喰い気などみせない家内を除け者に、三人はそれぞれメニューをみながら註文していた。

「なにしろ、二時間も山の中を登り降りしたんだからね」

「大変な道だったな。まるで昔のオイハギ街道だ。――中気になってからだがね。雑誌社にたのまれ、山形県の温泉めぐりをやったが、最初の晩にね。こっちは天童の宿屋へつくなり、医者をよべといい出す騒ぎでね。その時は大したこともなく済んだが、乗物には不向きな体質なんだね」

「伯父さんは元気でいいなあ」

「二人共ばてちゃったら話にならないよ。フ、フフフ――。今度は泊りがけのドライヴで、俺の体がもつかどうか、迚も気を揉んだんだが、心配した方がねえ――」

「途中でたべたおでんのこんにゃくがいけなかったかしら」

と、甥の女房も、口紅の濃い細面を曇らせている。

吐気を催すかして、家内はハンカチを口へあてがい、首筋を前へ垂らしたままである。若しも自宅へ帰って、彼女に寝つかれでもしたらと想像する途端、私は脚下の地面が崩れる勝手にひきずり込まれた。さしずめ病人の看病も覚束なければ、二人が口へ入れるものさえ仕度しかねる。家内を然るべき病院へ入れ、自分は跛ひきながら近くのすし屋や食堂を廻って、なんとか喰いつないでいるより方法はないか、などと日頃から頭へ入れてある、そんな場合に適当な策を改めて反芻したりして、人手を欠く切り詰めた二人暮しがしきりに思いやられた。

急に遠くへ行った甥を、手許に呼び戻す気持となり

「新幹線で俺なんか帰ることにするよ。やっぱり車より揺れも少ないし、早いだろうしね。――豊橋の停車場へまわってくれないか」

「そうねえ」

「車で行って、具合が悪くなるようだったら、次の浜松でも静岡ででも『こだま』へ乗り換えられる訳だね」

「そうさね。――でも、今度は伯母さんに運転台へのって貰ってね。クッションがうしろへそる仕掛けになっているから、乗り心地もよくなるだろうし――」

「じゃ、そうしてみるか。いけなかったら途中から――」

私達は車で家内が行けるところまで行くことに話をきめた。甥と女房はギョウザをおかずにめしを喰い、彼は同じもののお代りまでしている。私もシュウマイをつまみながら、胃壁へささりそうなこわいめしを頰張るが、前歯の下側へ七本ぬけ残るうち二、三本がこのところぐらつき出していて、口許を余計もぐもぐ翕むさいらしい。

食後、憮然としている家内に、アイスクリームの匙を無理にもたせた。眼の前で甥が先になめ、のこった分を女房がすくっている。家内も二口三口しただけで、匙を私の方へまわしてよこした。

「冷たいから、いったん口の中であたためて――」

と、彼女の細かな心遣いである。久し振り口にするアイスクリームが、甘党の私にはめっぽううまかった。

家内が勘定を済まし、ピンクのワンピース着た女給に見送られ、一同駐車場へ行った。少しうしろへ倒した座席へ家内がよりかかり、ブラウスにスカートをはき、頑丈な浅黒い四肢をひけらかす甥の女房が私の隣りへかける。

舗装道路は、両側の低い山並みが遠ざかる程平坦になり、人家も途切れがちに並んで、田植前の水田がそこかしこに眺められた。

西日はまだ高く、白雲の幾すじか流れる大空も、広びろと仰ぎみられた。

甥はハンドル握り、前方を向いたなり、流行歌を金切り声じみた高調子にやり出していた。二節目にかかると、女房がよく透る針のような声で、合唱しはじめた。終る早そう私も家内も軽く拍手してみせた。

「中なか二人共うまいや。親爺は下手の横好きという口か」

「市会議員の間で詩吟がはやってるそうで、親爺もよくうなっているが、まるでなにかがもおもおいってるみたいだよ」

「目黒さんは上手ね」

と、彼の女房が口出しした。彼女の褒める、上の姪の夫は会津の奥只見川べりの産で、下請の土建業者である。

「会津磐梯山なんか、土地の者だけあって手に入ってるね」

「そうか。じゃ、俺もひとつ」

私も家内の気分を引き立てるつもりで、くぼんだ奥眼をつむり、皺腹を絞るような調子になって「天竜くだれば」と、戦時中覚えた流行歌を披露し始めた。先程の山の中と異りどうにか一節終るまで嗄れ声が続いていた。

女二人が拍手した。

「伯父さん、親爺とは較べものにならないよ」

「迚も味があるわねえ」

と、女房も如才なく彼と口を合せる。

円味のある顔面をしぼませる家内が横を向き、甥になんか歌ってくれと所望した気配である。そんな様子に、彼女の吐気もどうやら納まったのかと、私はほっとした。この分では豊橋駅から『こだま』へ乗り換える手数も無用らしかった。

家内の指名で、甥は歌手千某の「北国の春」を、のけぞり気味に声高く歌い出していた。彼の得意気な流行歌は、私にもテレビで馴染のものである。

土手の上を、矢の如く疾走する車の数に驚く間もなく、東名高速道路へはいり、三ケ日で少し休んでから、浜名湖を横切って、あれから時速百三十キロのスピードにのり、大型トラックや自家用車等を追い抜きつつ、甥はまっしぐらにとばし続ける。思い出したように私は上体を突き出して、家内の耳へ「大丈夫か」と念をおしていた。その都度頷く彼女の顔色は段だんもち直し勾配、静岡市へかかる手前で、甥も私に同意見と力強く合槌うったりした。

流れも涸れて、粉っぽく乾いた河原ばかり広い天竜川を過ぎ、いくらか水量のまさる大井川を渡り、安倍川をこえて、川面の水色が濃い富士川もあとにしたが、厚いねずみ色がかった雲におおわれ、富士や愛鷹山はさっぱり姿をみせない。

いったん日の翳る海岸へ出た道路が又陸地へ曲り、大小のトンネルを出たり這入ったりする裡、東の空を区切って、墨絵に描いたみたい、箱根から伊豆半島へ延びるふる里の山並みがくっきり現われ、隣りにかける甥の女房が怪しむほど、私の上体はその方角へ吸い寄せられた。

車は、豊橋市の手前から二時間とたたない間に、起伏のけわしい稜線をみせる、箱根山の東側へまわっていた。

［「一泊旅行」昭和五十四年「文体」秋季号初出］

P+D BOOKS ラインアップ

東京セブンローズ（上）	井上ひさし	●戦時下の市井の人々の暮らしを日記風に綴る
東京セブンローズ（下）	井上ひさし	●占領軍による日本語ローマ字化計画があった
天上の花・蕁麻の家	萩原葉子	●萩原朔太郎の娘が描く鮮烈なる代表作2篇
海軍	獅子文六	●「軍神」をモデルに描いた海軍青春群像劇
若い人（上）	石坂洋次郎	●若き男女の三角関係を描いた〝青春文学〟の秀作
若い人（下）	石坂洋次郎	●教師と女学生の愛の軌跡を描いた秀作後篇

P+D BOOKS ラインアップ

終わりからの旅（上）　辻井喬　●異母兄弟の葛藤を軸に、戦後史を掘り下げた大作

終わりからの旅（下）　辻井喬　●異母兄弟は「失われた女性」を求める旅へ

ある女の遠景　舟橋聖一　●時空を隔てた三人の女を巡る官能美の世界

居酒屋兆治　山口瞳　●高倉健主演映画原作。居酒屋に集う人間愛憎劇

父・山口瞳自身　山口正介　●作家・山口瞳の息子が語る「父の実像」

硫黄島・あゝ江田島　菊村到　●不朽の戦争文学「硫黄島」を含む短編集

P+D BOOKS ラインアップ

四十八歳の抵抗
石川達三
● 中年の危機を描き流行語にもなった佳品

変容
伊藤 整
● 老年の性に正面から取り組んだ傑作長編

ア・ルース・ボーイ
佐伯一麦
● 〝私小説の書き手〟佐伯一麦が描く青春小説

淡雪
川崎長太郎
● 私小説家の〝いぶし銀〟の魅力に満ちた９編

時代屋の女房
村松友視
● 骨董店を舞台に男女の静謐な愛の持続を描く

北の河
高井有一
● 抑制された筆致で「死」を描く芥川賞受賞作

P+D BOOKS ラインアップ

子育てごっこ　三好京三　●未就学児の「子育て」に翻弄される教師夫婦

喪神・柳生連也斎　五味康祐　●剣豪小説の名手の芥川賞受賞作「喪神」ほか

宣告（上）　加賀乙彦　●死刑囚の実態に迫る現代の〝死の家の記録〟

宣告（中）　加賀乙彦　●死刑確定後独房で過ごす青年の魂の劇を描く

宣告（下）　加賀乙彦　●遂に〝その日〟を迎えた青年の精神の軌跡

フランドルの冬　加賀乙彦　●仏北部の精神病院で繰り広げられる心理劇

P+D BOOKS ラインアップ

女誡扇綺譚・田園の憂鬱　佐藤春夫
●廃墟に「荒廃の美」を見出す幻想小説等5篇

サムライの末裔　芹沢光治良
●被爆者の人生を辿り仏訳もされた〝魂の告発〟

津田梅子　大庭みな子
●女子教育の先駆者を描いた〝傑作評伝〟

四季　中村真一郎
●失われた青春を探しに懐かしの地へ向かう男

白く塗りたる墓・もう一つの絆　高橋和巳
●高橋和巳晩年の未完作品2篇カップリング

誘惑者　高橋たか子
●自殺幇助女性の心理ドラマを描く著者代表作

P+D BOOKS ラインアップ

夢の浮橋　倉橋由美子　●両親たちの夫婦交換遊戯を知った二人は…

城の中の城　倉橋由美子　●シリーズ第2弾は家庭内〝宗教戦争〟がテーマ

交歓　倉橋由美子　●秘密クラブで展開される華麗な「交歓」を描く

記念碑　堀田善衞　●戦中インテリの日和見を暴く問題作の第一部

花筐　檀一雄　●大林監督が映画化、青春の記念碑作「花筐」

小説 太宰治　檀一雄　●〝天才〟作家と過ごした「文学的青春」回想録

P+D BOOKS ラインアップ

時の扉（上）	辻 邦生	●自己制裁の旅を続ける男が砂漠で見たものは
時の扉（下）	辻 邦生	●愛のエゴイズムを問い続けた長篇完結へ
ばれてもともと	色川武大	●色川武大からの〝最後の贈り物〟エッセイ集
エイヴォン記	庄野潤三	●小さな孫娘が運んでくれるよろこびを綴る
鉛筆印のトレーナー	庄野潤三	●庄野家の「山の上」での穏やかな日々を綴る
さくらんぼジャム	庄野潤三	●小学生になったフーちゃん。三部作最終章

P+D BOOKS ラインアップ

海市　福永武彦　●親友の妻に溺れる画家の退廃と絶望を描く

風土　福永武彦　●芸術家の苦悩を描いた著者の処女長編作

夜の三部作　福永武彦　●人間の〝暗黒意識〟を主題に描く三部作

夢見る少年の昼と夜　福永武彦　●〝ロマネスクな短篇〟14作を収録

加田伶太郎 作品集　福永武彦　●福永武彦〝加田伶太郎名〟珠玉の探偵小説集

廃市　福永武彦　●退廃的な田舎町で過ごす青年のひと夏を描く

P+D BOOKS ラインアップ

別れる理由1	小島信夫	●伝統的な小説手法を粉砕した大作の序章
別れる理由2	小島信夫	●永造の「姦通」の過去が赤裸々に描かれる
別れる理由3	小島信夫	●「夢くさいぞ」の一言から幻想の舞台劇へ
別れる理由4	小島信夫	●「夢くさい世界」で女に、虫に、馬になる永造
別れる理由5	小島信夫	●アキレスの名馬に変身した永造だったが…
別れる理由6	小島信夫	●最終巻は〝メタフィクション〟の世界へ

（お断り）

本書は1980年に新潮社より発刊された単行本『淡雪』を底本としております。あきらかに間違いと思われるものについては訂正いたしましたが、基本的には底本にしたがっております。また、一部の固有名詞や難読漢字には編集部で振り仮名を振っています。

本文中には私娼、給仕女、枕芸者、不見転、てなし子、芸者屋、はらみ女、妾、女給、ルンペン、浮浪者、後家、私娼窟、田舎者、温泉芸者、女中、お座敷女中、魚屋、八百屋、高利貸し、百姓、女郎、女郎屋、部落、木地ひき、小女、出戻り、女中頭、妓、工員、人足、めくら縞、貰い子、もの乞い、石女、パンパン、淫売、あぶれ者、失禁症、唖、闇屋、ジプシー、看護婦、付添婦、玄人上り、書生、小僧、屑屋、鳥屋、雇人、売文渡世、二号、跛、不具者、中風病み、中気などの言葉や人種・身分・職業・身体等に関する表現で、現在からみれば、不当、不適切と思われる箇所がありますが、著者に差別的意図のないこと、時代背景と作品価値とを鑑み、著者が故人でもあるため、原文のままにしております。差別や侮蔑の助長、温存を意図するものでないことをご理解ください。

川崎 長太郎（かわさき ちょうたろう）
1901年（明治34年）11月26日—1985年（昭和60年）11月６日、享年83。神奈川県出身。私小説一筋の生涯を貫く。1977年、第25回菊池寛賞を受賞。1981年、第31回芸術選奨文部大臣賞受賞。代表作に『抹香町』『女のいる自画像』など。

P+D BOOKS

ピー プラス ディー ブックス

P+Dとはペーパーバックとデジタルの略称です。
後世に受け継がれるべき名作でありながら、現在入手困難となっている作品を、
B6判ペーパーバック書籍と電子書籍で、同時かつ同価格にて発売・配信する、
小学館のまったく新しいスタイルのブックレーベルです。

淡雪

2020年12月15日　初版第1刷発行
2024年4月10日　第2刷発行

著者　川崎長太郎
発行人　五十嵐佳世
発行所　株式会社　小学館
〒101-8001
東京都千代田区一ツ橋2-3-1
電話　編集　03-3230-9355
販売　03-5281-3555
印刷所　大日本印刷株式会社
製本所　大日本印刷株式会社
装丁　おおうちおさむ（ナノナノグラフィックス）

ISBN978-4-09-352406-3

P+D BOOKS